한국 민주주의가
나아갈 길

한국 민주주의가 나아갈 길

문성우 지음

21세기북스

머리말

　　역사적 사실에 대한 오해가 풀리면 여야간의 이념 갈
등이 어느 정도 완화될 수 있을 것이라는 소망에서 지난
3월 『갈등을 넘어 화합으로』를 출간하였다. 남북 분단의
원인이 소련과 김일성에 있다는 것, 산업화가 없었으면 민
주화도 없었으며 독재 정치가 아닌 민주주의에 의한 여야
정치권력의 교체와 사유재산권 보장이 오늘의 풍요를 가져
왔다는 것 등을 역사적 사실과 남북의 비교를 통해 밝히고
자 했다. 그러나 4월 국회의원 총선거 이후 절대 다수당을
유지하게 된 민주당과 또다시 패배한 국민의힘 간의 다툼
은 그 끝을 모르게 심화하고 있고 이를 바라보는 유권자들
의 마음도 착잡하기 이를 데 없다.
　　아울러 우리 경제는 세계 경제 침체와 맞물려 앞으로

나아가지 못하고, 고임금, 고물가의 악순환에 빠져 있다. 이러한 때에는 정치인들이 나서서 국민에게 새로운 비전을 제시하고 서민들에게 꿈과 희망을 주어야 한다. 그러나 지금의 정치 상황이나 환경은 정치인들이 우리 사회의 어려움을 극복하고 새로운 미래를 제시하거나 국민을 위한 정치를 할 수 없는 구조다. 그뿐만 아니라 이를 타개하기 위한 노력조차 하지 않고 있다. 따라서 이제는 국민이 왕조나 식민지의 백성과 같은 전근대적 사고에서 벗어나 근대 시민사회의 시민 의식을 발휘하여 이들 정치인을 분발시켜야 할 때다.

선진국이 잘 사는 이유는 기득권에 안주하는 정치인에게 유권자들이 휘둘리는 것이 아니라, 오히려 정치인들이 국민의 뜻에 따라 계속 새롭게 발전할 수밖에 없는 국민주권의 사회이기 때문이다. 특히 미국인이 근대 시민의식으로 무장된 사례를 보여준다.

한국인들이 미국에 이민 가서 과거 유태인 이민자들이 했던 일을 본받아 성공하는 경우가 많았다. 그중 하나가 세탁소 업이다. 그런데 한국인들의 경우 중국인과 달리 그 세탁소에서 일하던 사람이 새로 세탁소를 개업할 경우 자신이 일하던 그 세탁소 옆에 세탁소를 차리는 경우가 있었다. 그럴 때 미국인들은 새로 생긴 세탁소에도 일감을 주어 기존의 세탁소와 서로 경쟁을 시킨다고 한다. 그러면 경쟁 때문에 서비스의 질이 보다 좋아지고 세탁비도 오르지 않는다고 한다. 소비자인 미국인에게는 이롭지만 죽도록 경쟁하는 것은 한국인 이민자들이다. 미국인들은 이와 같은 방식으로 정치인들을 대하고 있다. 곧 서로 경쟁하게 함으로써 보다 나은 삶의 질을 확보하는 것이다. 정치인들은 힘들지만 이를 선출하는 국민은 주권자의 지위를 확고히 함과 동시에 그 혜택도 더욱 크게 늘리고 있다.

또 하나의 사례는 바이든 대통령이 민주당 대통령 후보를 사퇴하고 바이든 대통령의 러닝메이트인 해리스 부통령을 차기 대선 후보로 과반수 대의원이 지지하자 유권자들의 후보 선택권을 침해한다는 주장이 강하게 대두되었다. 그래서 오바마 전 대통령은 민주당 전당대회에서의 경선 가능성을 배제할 수 없어 해리스 부통령에 대하여 곧바로 지지 표명을 하지 않았다. 이렇듯 미국인들은 정치인에 의한 결정에 무조건 따르지 않고 자신들이 직접 후보자의 성향이나 능력을 판단하여 투표함으로써 정치인들이 유권자들의 철학과 비전에 따르도록 하고 있다.

다시 말하면 유권자가 자신에 대한 생살여탈권을 위임하고, 위임받은 사람이 유권자 자신을 지키도록 하는 관계의 치자와 피치자의 동일성을 구현하고 있는 것이다.

'국민의힘'의 문제점은 산업화는 물론 민주화를 이루는 데 결정적 역할을 하고서도 마치 자신은 산업화만 하고 민주화를 이룬 것은 민주당이라는 콤플렉스에 빠져, 민주화의 주체인 양 외치는 민주당의 공세에 무기력하게 대응한다는 것이다. 민주당이 국민의힘을 독재 세력이거나 그를 물려받은 것으로 몰아치지만, 민주화는 실은 김영삼 전 대통령이 대구 경북(TK) 독점 구도를 깨고 여야 정치권력의 교체를 가능하게 하지 않았더라면 불가능했다. 김영삼 전 대통령의 TK 독점 분쇄를 TK에 대한 정치 보복이라고만 생각하고 김 전 대통령의 민주화 성과를 폄하함으로써 그 과실을 모두 민주당이 가져가게 하는 어리석음을 범했다.

김영삼 전 대통령이 1993년 5월 13일 특별 담화를 통해 문민정부는 5.18 광주민주화운동의 연장선상에 있는 정부라고 선언함으로써 5.18 민주화운동을 촉발한 TK 출신 인사들과 대척점에 있음을 분명히 하고 이를 주도한 전두환, 노태우 두 전직 대통령에 대해 5.18 민주화운동의 강제 진압을 물어 사법처리하였음에도, 이를 이어받은 국민의힘은 5.18 민주화운동이 북한의 사주를 받은 것이라고 주장하는 등 5.18 민주화운동을 폄하하는 세력에 대해 단호한 입장을 취하지 않음으로써 5.18 광주민주화운동에 의한 민주주의 수호를 자부심과 긍지로 여기는 호남의 민심을 끌어안는 데 실패했다.

　국민의힘은 이러한 호남 민심에 대해 5.18 민주화운동을 폄하하는 세력과의 단절을 분명히 선언함으로써 호남 지역의 민주당 일당 지배 구조를 깨뜨리고 국민의힘의 외연을 확장함으로써 국민 통합을 했어야 했다. 그러나 국민의힘은 대다수 국민의 보수 성향이 변하지 않으리라 확신하고 보수 성향이 강한 강남 3구와 영남지역에 안주함으로써 그 지역 내 여야간의 경쟁 구도를 조성하지 않고 일당이 독점하는 체제로 나아갔다.

　결국 이는 위 지역 내 경쟁 구도를 약화해 일당 중심의 부패 카르텔을 만들어내고 전국적인 정치인을 양성하는 데 실패했다. 그래서 대통령 후보감이 없어 문재인 전 대통령이 사실상 키운 윤석열 대통령을 후보로 내세웠고, 국회의원선거를 총지휘할 만한 후보가 없어 정치 경험이 전무한 한동훈 전 법무장관을 내세워 총선을 치른 결과가 지금의 국회 의석 분포다. 그리고 제대로 된 입법 활동을 하지 못해 행정부 소속 대통령의 거부권에만 의지하는 모습은 보기에도 민망하다.

　한편 그렇게도 독재 타도를 외치며 국민의 지지를 모아온 민주당이 독재로 나아가고 있다. 민주주의의 핵심 요소는 선거의 자유, 사법부의 독립, 언론의 자유이다. 그리고 민주국가는 국민 참정권에 의한 선출직과 비민주적 절차로 구성된 군, 경찰, 검찰, 법원, 정당, 교회 등의 혼합 정권으로서, 후자가 민주주의를 지켜주고 있다. 민주당은 현재 '개혁의 딸(개딸)'이라고 하는 지지 세력의 주의 주장에 따라 움직이고 있다. 문제는 이 개혁의 딸들이 민주주의를 위태롭게 하고 있다는 데 있다.

문자 폭탄을 날리고 특정 후보를 비방하는 대자보를 선거사무실 앞에 붙이는 등 자신들이 좋아하거나 싫어하는 선출직 공무원의 당락에 영향을 미치며 불법, 탈법 선거 운동을 자행하고 있다. 곧 선거의 자유를 침해하고 있는 것이다. 또한 자신들이 추종하는 인사에게 불리한 판결이나 기소를 한 판사나 검사의 정당한 공무집행에 대해 고소하거나 탄핵을 하도록 국회의원을 압박하고 이에 편승한 헌법기관인 국회의원들이 같은 헌법기관인 검사를 탄핵하거나 판사를 비방하는 등 사법부의 독립을 훼손하고 있다. 아울러 자신의 마음에 들지 않는 기사를 쓴 기자나 언론사 또는 논평가들을 상대로 입에 담지 못할 욕을 공공연히 하거나 문자 폭탄을 날리는 등 언론의 자유에 심대한 위협을 가하고 있다.

이렇게 선거의 자유, 사법부의 독립, 언론의 자유를 침해하는 행위가 바로 독재로 나아가는 길이다. 이는 히틀러가 민주적인 선거로 집권한 후 나치즘으로 나아간 것과 유사하다. 극단적인 주의, 주장을 하는 사람들은 한쪽 끝에 가 있는 자신들의 주의, 주장을 펼치기 위해서는 나치즘이나 파시즘 또는 스탈린식 계급독재로 나아갈 수밖에 없기 때문이다.

헌법에는 공무원 임용 방식에 대해 선출직과 임명직으로만 구별되어 있을 뿐. 그 권한과 책임은 똑같이 규정하고 있다. 일부 국회의원들은 선출직 공무원이 보다 우월한 지위에 있는 양 탄핵 사유가 되지도 않는 사실이나 심지어 허위 사실로 헌법상 임명된 공무원에 대하여 탄핵을 발의하여 망신을 주고 있다. 이는 헌법정신을 무시하는 행위일 뿐만 아니라, 혼합 정권인 민주국가에서 비선출직 공무원이 선출직 공무원을 지켜주고 있다는 사실을 깨닫지 못한 처사다.

탄핵 사유가 되지 않음에도 탄핵소추를 남발하는 것은 5공화국 당시 국가보안법 남용 때문에 그 후 국가보안법 개정과 폐지가 공론화된 것처럼 탄핵소추를 희화화함으로써 헌법이 기대하는 엄중하고 단호한 공직 배제 기능이 상실되어 버린다. 헌법기관이 헌법에 따라 주어진 자신의 권한을 스스로 망가뜨리는 어처구니없는 결과가 된다. 헌법이 없다면 국회의원도 없고 탄핵소추권도 없다. 탄핵소추권이 남용되면 언젠가는 폐지되거나 탄핵으로서의 기능을 상실하게 될 것이다.

야당 지도부를 구성하고 있는 국회의원들이 검찰 독재를 부르짖으며 검찰청 해체를 주장하고 있다. 이들은 5공화국 독재를 혁명에 의해서 극복하고자 했고 87민주체제 하에서도 혁명을 시도하다가 검찰에 의해 단죄되었다. 이들은 자신들의 신념에 따른 행동이 국가보안법 위반이라는 점과 이를 처벌한 검찰에 대한 깊은 불신과 원한을 갖게 되었다. 이후 끊임없이 국가보안법과 검찰 폐지를 주장하다가 노무현 전 대통령이 검찰 수사를 받던 중 서거하자 본격적으로 검찰 폐지를 주장하였다.

문재인 정부에서 검찰의 경찰 수사지휘권을 폐지함으로써 경찰국가의 폐해를 극복하기 위해 창설된 검찰의 인권 보장 기능을 없애 사실상 검찰 제도를 형해화(形骸化)하였다. 그 결과 범죄 수사 기간이 늘어나 국민의 권리구제가 늦어지고, 수사지휘권 폐지로 인한 검찰과 경찰 간의 책임 전가로 국민들이 혼란을 겪고 있다. 이럴 경우 폐지된 검찰의 경찰에 대한 수사지휘권 복원 여부를 우선 논의하는 것이 순서이지만, 검찰의 공정성을 문제 삼아 오히려 검찰청을 해체하려 하고 있다.

그래서 과거 자신들이 국가보안법 위반으로 검찰에 의해 처벌받은 사실에 대한 자기합리화 차원에서 국가보안법 폐지와 검찰 폐지를 주장하는 것이 아니냐는 생각이 든다. 범법을 한 후 자기합리화가 지나치면, 특히 고위직에 올라가 많은 권한과 권력을 쥐게 된 사람이 자기합리화에 빠지면 엄청난 결과를 야기한다.

아무리 검찰이 밉더라도 대한민국이 오늘날 세계 제일의 치안유지를 잘하는 민주국가로 평가받고 있는 것에 검찰의 공헌을 무시할 수 없다. 그럼에도 불구하고 과거 범죄를 저질러 처벌받았다 하여 자기합리화 차원에서 자신을 처벌한 국가기관을 없애는 것은 자기모순에 빠질 수 있다. 국회가 헌법기관이듯이 검사도 헌법기관이다. 헌법기관이 헌법기관의 일부를 훼손시키고서 자신이 소속된 헌법기관만이 온전하리라고 생각하는 것은 모순이다. 헌법은 하나로서 통일성과 자기 완결성을 가지고 있어 헌법의 일부 기능을 무시하거나 유보하는 것은 헌법 전부의 부정이고 자기 부정이다. 만약 검찰의 권한과 책임을 무시하면 국회의원 스스로의 권한과 책임도 무시되는 결과를 낳게 될 것이다. 그래서 헌법 파괴 행위는 당장 중단되어야 한다.

아울러 혹시라도 범법행위로 기소되거나 재판 중에 있는 동료 국회의원을 구제하기 위하여 그들과 함께 공익을 앞세우고 있지만 사실은 자신과 동료 의원의 범법행위에 대한 자기합리화 과정을 밟고 있지 않는지 되돌아보아야 한다. 현재 재판받고 있는 국회의원이 재직하는 동안이나 또는 과거 유죄 판결을 받은 사람들이 재직하고 있는 동안 검찰을 악마화(惡魔化)하고 그 해체를 논의하는 것은 이러한 오해를 낳을 수 있다. 다시 말하면 공정성과 정당성을 잃을 수가 있음을 유의해야 한다.

사익을 앞세운 공인이 많아서는 우리 사회에 미래가 없다. 공인은 큰 권한을 가지고 있다. 그 권한에는 반드시 책임이 따르기 마련이다. "아는 것이 힘이다"라는 말은 중세부터 내려오는 격언이다. 중세의 격언은 "아는 것이 힘이다. 힘에는 반드시 책임이 따른다"라는 뒷말이 있었지만, 어느 사이 우리 사회에서는 힘만 남고 그에 따른 책임은 없어져 버렸다.

이제는 민주주의를 파괴하는 행위를 멈추어야 한다. 더 이상 나아가서는 안 된다. 그리고 민주 사회에서 갈등을 해소하는 방안으로 실력행사나 무력 충돌은 사회적 혼란을 초래할 뿐이므로 법과 질서에 의할 수밖에 없다. 법질서를 흔들고 파괴하는 행위를 스스로 서슴없이 해서는 안 된다. 그것도 헌법에 따라서 선출된 헌법기관이 헌법을 무시하고 국법을 훼손한다면 그 누가 법을 지키려 하겠는가?

이러한 여야간의 첨예한 갈등을 해소하기 위해서는 지방자치단체장도 중앙 정부처럼 여야 교체가 필요하고, 그 경쟁 과정에서 지역의 민심을 대표하는 전국적인 정치인이 양성되어야 지금과 같은 백가쟁명식 혼란한 정국을 타개하고 선진 민주국가로 나아갈 수 있다는 생각에서 『갈등을 넘어 화합으로』를 출간한 지 불과 몇 달 되지 않아 이 책을 발간하게 되었다. 이 책 내용 중 잘못된 부분이나 견해가 다른 부분에 대해서는 기탄없는 비판과 함께 양해를 부탁드린다.

이제 92세가 되신 어머니께서 『갈등을 넘어 화합으로』를 두 번 완독하셨다고 한다. 어머니께 대한민국은 지금처럼 자유민주체제와 사유재산이 확실히 보장되는 한 끝없이 발전할 것이라는 말씀을 드리고, 이러한 생각을 같이하여 주셔서 감사드린다.

2024년 12월

문 성 우

목차

1. 서론

대한민국은 제2차 세계대전 이후 독립한 국가 중 근대화와 민주화를 성공리에 이뤄내고 세계 10대 선진국이 된 유일한 국가로 인정받고 있다. 오늘날 한국은 반도체, 가전, 자동차, 조선, 배터리를 포함해 세계 표준과 가치사슬의 거의 정점에 올라와 있다. 의료, 문화, 예술, 스포츠 영역도 같다. 기술, 국방, 무역, 국력은 세계 선두권으로서 전후 최고 순위이며, 외국의 강점과 전쟁을 체험한 국가로서는 유일한 선진국 진입 사례다.

우리가 선진국이 된 시기는 대한민국이 1948년 8월 15일 건국된 후 아홉 번째 개정된 제6공화국 헌법 아래에서다. 이 헌법은 첫 여야 합의로 만들어진 '87체제'에서 입안하여 개정된 것으로 우리 5천 년 역사상 가장 민주적인 헌법이라고 말한다. 1945년 8월 15일 광복 이후 42년 만에 자유민주주의와 시장경제에 기반을 둔 헌정 체제를 만들어낸 것이다.

프랭클린 루스벨트 전 미국 대통령은 필리핀이 민주화되는데 50년이 걸린 만큼 코리아가 민주국가가 되기 위해서는 최소 40년의 민주적 훈련이 필요하며, 따라서 신탁 통치가 필요하다고 생각하였다. 공교롭게도 그가 말한 40여 년 만에 대한민국은 명실상부한 민주국가가 된 것이다. 민주주의 국가를 만드는 것이 얼마나 힘들고 어려운 일인지를 여실히 보여준다.

사실 우리가 오늘처럼 다른 나라들이 부러워하는 나라를 만든 것은 거저 이루어진 것이 아니다. 참으로 길고 험난한 역경을 이겨내고 오늘에 이른 것이다.

대부분 한민족의 한은 수천 년간의 신분제에 의한 억눌림 속에서 살아온 민초들의 것이라고 생각한다. 그러나 지금 우리를 잘 살게 만든 한민족의 한은 19세기 세도정치 이후 시작된 위정자들의 가렴주구(苛斂誅求 가혹하게 세금을 거

두어들이고 억지로 재물을 빼앗는 행위)에 의한 도저히 참기 어려운 굴욕감과 패배감에서 시작되었다고 보인다. 일제에 패망하기까지 조선의 마지막 백여 년 동안에 벌어졌던 도저히 견딜 수 없는 위정자들의 부도덕한 행위와 민초들에 대한 가렴주구는 수천 년간 신분제에 의한 구속을 운명처럼 받아들이고 살아왔던 한민족에게는 커다란 충격이었고 시련이었다.

조선왕조 말 세도정치라는 일당 독재에 의한 매관매직의 성행, 이를 위한 백성들에 대한 가렴주구, 이에 반발하는 백성들을 탄압하기 위해 외국 군대를 불러들여 학살을 감행한 국가는 더 이상 믿을 수 없는 존재가 되었다. 가난만이 수탈을 벗어날 수 있었고 각자도생(各自圖生, 각자가 스스로 살 길을 찾음)만이 유일한 생존 방안이 되어버렸다. 그 사이에 향리, 서얼, 중인 등이 개화기를 틈타 신분을 상승시킬 수 있었으나, 이들은 그 아래 계층과 함께 사회를 변혁할 의사나 능력이 없었고 오히려 양반 계급으로의 신분 상승에만 전력을 기울였다. 특히 이들은 조선왕조의 정통성에 대해 충성심이 없었기 때문에 일제하에서도 오로지 자신의 신분 상승을 위해 노력했을 뿐이다.

1801년부터 1945년까지의 한반도는 이러한 엄청난 시련 속에서 많은 사람들이 오로지 살아남기 위해서는 수단 방법을 가리지 않고 각자도생하는 사고와 생활방식을 깊게 심어주었다. 골이 깊으면 산이 높다고 했다. 백여 년간의 참을 수 없는 고통을 신분 상승과 사회적 인정으로 해결하고자 한 국민들에게 자유민주주의 체제와 사유재산제를 근간으로 하는 자본주의 체제의 도입은 이러한 꿈과 희망을 현실화시킬 수 있는 절호의 기회가 되었다. 더구나 교육입국(敎育立國)을 주장한 이승만 전 대통령의 정책으로 모든 사람이 대학 진학을 위해 달려갔다. 농지개혁은 이러한 과정에서 물적 뒷받침이 되었고, 한국전쟁은 모든 사람이 조선 시대의 신분제에서 실질적으로 벗어나 마음껏 자신의 역량을 발휘할 수 있게 해 주었다.

　　박정희 전 대통령의 업적은 경부고속도로와 포항제철로 대표되는 고속 경제 발전을 이루어 5천 년 만에 가난에서 벗어나게 한 것에 그치지 않는다. 그의 위대함은 이렇게 자신의 성취를 갈망하는 국민에게 '할 수 있다'라는 자신감과 동기부여를 하고 실제로 그것을 이루어낸 점이다. 박정희 전 대통령이 유신 체제로 중화학공업을 육성하여 대한민국이 고도 경제성장을 할 수 있는 기틀을 마련했다. 그러나 그의 독재는 그 속성상 국민의 활력을 떨어뜨릴 수밖에 없었다.

이러한 때 김영삼과 김대중이라는 걸출한 인물이 나타나 박정희 독재에 맞서 싸움으로써 우리 사회가 더 이상 부패하지 않고 국가의 도덕성을 상실하지 않도록 하는 역할을 충실히 해냈다. 대한민국이 다이나믹하고 흥이 넘치는 이유는 우리의 지난 과거의 응어리가 풀어지는 과정이었기 때문이다.

세상의 모든 일은 새옹지마(塞翁之馬)거나 전화위복(轉禍爲福, mixed blessing)이다. 과거 우리의 선조들이 겪은 불행한 과거가 오늘의 축복으로 나타난 것이다. 그 과정에서 기적 같은 일들이 우리를 도왔음은 물론이다. 지금 우리는 정치만 삼류이고 나머지는 일류라고들 이야기한다. 그렇다고 정치를 일당 독재로 끌고 갈 수는 없다. 그러면 쉽게 북한이나 중국처럼 되어버릴 것이다. 정치인들이 삼류라고 해도 그들이 여야로 나뉘어 싸워 주는 것은 우리에게 축복이다. 그들이 설사 말도 안 되는 일로 서로 싸울지라도 그 사이에서 우리 사회의 문제점이 드러나고 문제점이 드러나기 때문에 해결할 수 있는 것이다.

민주주의의 특성상 완벽한 모습의 민주주의를 구현하는 것은 거의 불가능에 가깝다. 그러나 그에 근사한 국가체제를 유지하기 위해서는 이를 지키고자 하는 국민의 의지와 능력이 있어야 한다. 세계 제일의 민주국가라고 자타가 인정하는 미국에서도 비민주적 행태가 수시로 나타나고 있어 이를 바라보는 민주 시민들의 마음을 어둡게 한다. 우리나라에서도 비민주적이고 폭력적인 상황이 수시로 발생하여 왔고 지금도 나타나고 있다. 그러나 미국이나 우리나라를 민주국가라고 부르는 것은 그 사회가 그러한 비민주적 상황을 합법적인 절차에 따라 효율적으로 극복해 내는 국가 시스템을 갖추고 있기 때문이다. 이러한 국가 시스템은 그 제도를 구비했다고 해서 제대로 작동하는 것은 아니다. 이 제도를 운용하는 공무원이나 국민의 인식과 능력이 뒷받침되어야 한다.

민주주의는 지극히 유동적이고 한편으로는 혼란스럽게 보인다. 하지만 그러한 정치나 사회의 모습 자체가 민주주의가 살아 움직이고 있다는 증거다. 때문에 극단주의적 사고와 행동을 제대로 통제할 수만 있다면 그러한 분위기를 허용할 수 있는 포용성을 가지고 있어야 한다. 민주주의의 핵심 요소는 선거의 자유, 사법부의 독립, 언론의 자유이다. 그리고 민주국가는 혼합 정권으로서, 비민주적 절차로 구성된 군, 경찰, 검찰, 법원, 정당, 교회 등이 민주주의를 지켜주고 있음을 잊어서는 안 된다.

2. 제6공화국 헌법

'1987체제'로 만들어진 6공화국 헌법의 존속기간이 윤석열 대통령의 임기 만료일인 2027년 5월 9일까지 계속된다면 대한민국 헌정사의 거의 절반을 차지하게 된다. 초대 이승만 대통령의 제1공화국(12년), 제2공화국(1년), 제3공화국(9년), 제4공화국(일명 유신, 7년), 제5공화국(7년)과 비교하더라도 가장 오랜 기간 지속된 헌법이고 공화국이다. 각 공화국은 국가체제, 곧 통치 구조의 변화에 따라 이를 구분하므로 제1공화국의 발췌 개헌(1952년)과 사사오입 개헌(1954년), 제3공화국의 3선개헌(1969년)은 체제를 완전히 바꾼 것이 아니기 때문에 새로운 공화국으로 보지 않는다.

제헌 헌법은 1948년 7월 17일 힘들고 어려운 과정을 거쳐 제정되었고, 7월 17일을 국경일인 제헌절로 기념하고 있다. 당시 남북한 전체 인구 3,000만(남한 2,000만, 북한 1,000만)을 기준으로 10만 명당 1명의 제헌국회의원 300명을 선출하기로 하고 1948년 5월 10일 선거를 실시했다. 그러나 북한은 유엔한국임시위원단의 입국을 거부하여 선거 자체를 치를 수 없었고, 제주는 4·3사태로 제헌국회의원 3명중 1명만의 선거가 가능하여 제헌국회는 중앙청 로텐더 홀에서 198명이 참석한 가운데 나머지 102석을 공석으로 둔 채 개최되어 헌법안을 만들어냈다.

제6공화국 헌법은 헌정사상 첫 여야 합의로 태어났다. 1987년 10월 12일 국회 본회의를 통과하고 10월 27일 국민투표에서 투표자 93.1%의 지지를 받아 확정되었다. 그리고 대한민국 국민은 1971년 이후 16년 만에 다시 자기 손으로 대통령을 뽑게 되었다.

제6공화국 헌법상 초대 정부는 노태우 정부로서 제6공화국임을 자랑스럽게 내세웠지만 그 뒤를 이은 대통령들이 문민정부, 국민의 정부, 참여정부 등으로 차별화하면서 노태우 정부만 제6공화국 정부라는 인식이 팽배해졌다. 그러나 현 윤석열 대통령 정부까지 모두 1987년 헌법 체제 아래 있기 때문에 그 명칭이 좋든 싫든 모두 제6공화국 정부에 해당한다.

　제6공화국 헌법에 의한 제6공화국 정부는 그 이전의 정부와 달리 가장 자유 민주적이고 시장친화적인 민주정부다. 그리고 케이(K) 팝이라고 부르는 케이(K) 컬처가 온 세계를 열광시키고 과거 원조 받던 나라가 원조하는 모범 국가로 탈바꿈한 선진 문화국가로서 그 이전의 공화국과는 전혀 다른 모습을 보여주고 있다. 왜 이렇게 되었을까? 이 모든 것이 하루아침에 이루어지지 않았다. 기적이란 없는 것이다. 그 이전 5개의 공화국의 업적과 시행착오를 거쳐 온 국민의 열망 속에 어렵게 현행 헌법을 만들었고 그 헌정 체제를 지키기 위해 많은 사람이 노력한 결과가 오늘의 자유와 풍요를 가져다준 것이다.

　1987체제로 현행 헌법인 제6공화국 헌법이 탄생하였다. 이를 제도적 민주주의의 완성이라고 부른다. 여기서 민주주의는 단순히 다수결 원칙을 의미하는 민주주의가 아닌 자유민주주의를 일컫는다. 우리 대한민국은 어떠한 정부를 선택할 것인가의 절차인 민주주의를 이미 시행해 왔던 나라이고, 국가의 목표인 헌법상의 자유주의(constitutional liberal-ism)가 그동안 유보되거나 제대로 시행하지 못하다가 제6공화국으로 비로소 자유민주주의를 구현하게 되었기 때문이다. 세계가 대한민국이 산업화와 민주화를 이뤘다고 칭찬하는 것은 자유민주주의를 이루었다는 의미이지 단순히 민주주의를 이루었다는 뜻은 아니다.

많은 사람이 헌법상의 자유주의와 민주주의는 같은 것으로 보고 있다. 제2차 세계대전 이후 서구 유럽과 미국에서 자유민주주의를 함께 해왔기 때문이다. 그러나 위 둘은 히틀러가 민주적 방식인 선거에 의하여 선출되었으나 집단독재인 파시즘을 행사한 것처럼 그 역사나 시행 과정이 달랐다.

우리가 오랫동안 성리학에 기반한 정치체제를 유지했듯이 자유주의도 유럽에서 오랜 기간에 걸쳐 형성된 하나의 전통이다. 이는 국가, 교회, 사회의 억압에 대응하여 개인의 자치와 존엄을 보호하고자 하는 서구 역사에 깊이 뿌리내린 전통이다. 천부인권설에 따른 생명권, 재산권, 종교 및 언론의 자유, 이를 확보하기 위한 권력분립, 법 앞의 평등, 사법부의 독립, 정교분리 등을 강조한다. 국가는 이를 보호하기 위해 자신의 권력을 제한하는 기본법을 받아들여야 한다는 것이다.

서구의 민주주의는 아리스토텔레스가 말한 '혼합 정권(mixed regime)'이다. 이는 선출된 정부를 확실히 가지고 있을 뿐만 아니라, 헌법상의 법률과 권리, 독립된 사법부, 강한 정당, 교회, 기업, 사설 단체, 전문직 엘리트들이 함께 존재한다. 곧 국민이 궁극적인 권력을 갖는 정치적 민주주의가 모든 것의 핵심이자 본질이지만, 그 시스템은 선거에 의하지 아니한 많은 부분으로 구성된 복합체이다. 이러한 비민주적 제도와 단체들의 목적은 대중의 흥분을 가라앉히고 시민을 교육하여 민주주의를 지도함으로써 자유를 확고히 함에 있다. 하버드 법대 졸업식에서는 "인간을 자유롭게 만드는 현명한 제약이 법"이라는 것을 상기시키고 있다. 자유 민주정치의 본질은 풍부하고 복잡한 사회 질서의 구축이지 유일사상이 지배하는 사회 질서가 아니기 때문이다.

(Fareed Zakaria, 『The Future of Freedom』, Norton, 2003)

　　이와 관련하여 헌법에는 공무원 임용 방식에 관하여 선출직과 임명직으로 구별되어 있을 뿐 그 권한과 책임은 똑같이 규정하고 있다. 국회에서 일부 국회의원들이 임명직 공무원에게 선출직 공무원이 우월한 지위에 있는 양 언동하는 경우가 있다. 이는 헌법정신을 무시하고, 비선출직 공무원이 선출직 공무원을 지켜주고 있다는 사실을 망각한 처사라 할 것이다.

이러한 자유민주주의가 정착되어 간 과정이 대한민국의 역사다. 과거 삼국시대와 통일신라, 고려 왕조가 불교를, 조선시대가 성리학을 이념으로 하는 국가 사회였듯이 우리는 자유민주주의를 이념으로 하는 국가를 건설하여 온 것이다.

어쨌든 우리가 민주국가로서 지속 발전하기 위해서는 선거의 자유, 사법권 독립, 언론의 자유 보장이 필수적이다. 그리고 이러한 민주주의를 지켜주는 것은 군, 경찰, 검찰, 법원, 교회, 정당 등 비민주적 기구라는 사실도 잊지 말아야 한다.

3. 대의정치

한 국가가 지속 가능한 발전을 이루기 위해서 끊임없는 정치, 경제, 사회적 에너지가 필요하다. 이러한 에너지는 인류가 국가를 만들어 성장해 오는 과정에서 다양한 방식으로 만들어졌다. 근대에 이르기까지의 왕조 국가 시대에서는 왕이나 귀족들의 정통성에 기초한 신분제에 따라 이러한 에너지를 결집하여 장기간 또는 단기간 나름의 국가를 경영하였다.

근세에 이르러 영국은 인류 역사상 처음으로 이 동력을 정부(Government)의 교체로 만들어냈다. 토리당과 휘그당이 그것이다. 19세기 빅토리아 여왕 시절 토리당과 휘그당이 교대로 집권하면서 신구 세력이 경쟁을 통하여 국가 발전에 이바지한 결과 팔머스턴, 글래드스턴, 디즈레일리 등 명재상을 만들어냈고 영국은 '해가 지지 않는 나라'가 되었다. 곧 대의정치라는 인류 역사상 가장 민주적인 방안을 창안하고 이를 양당 정치로 발전시켰기 때문이다.

영국은 1607년 북아메리카 대륙 버지니아에 최초의 식민지를 건설하기 시작하여 1947년 인도의 독립, 길게는 1997년 홍콩 반환까지 대영제국을 유지했다. 최전성기 세계 육지 면적의 4분의 1, 세계 인구의 6분의 1을 보유하여 영토 면적으로는 역사상 최대, 인구수로는 당대 최대의 규모를 자랑했다. (1920년 기준 3,550만 제곱킬로미터, 4억 5,800만 명) 수많은 식민지를 가지고 있었음에도 자신의 정치체제인 민주주의와 대의정치를 다른 나라에 강요하거나 선전하지 않아 그들과의 충돌을 최소화했다.

이는 미국이 2차 세계대전 후 세계 질서를 새롭게 구축하면서 신생국들이나 기존의 국가들이 민주국가가 되도록 한 것과 대비된다. 미국의 경우 양 세계대전을 치르면서 제3차 세계대전이 일어나서는 안 된다는 확고한 원칙에 따라 민주국가는 먼저 전쟁을 일으키지 않는다는 오랜 신념에 따라 그와 같이 한 것이다.

이렇게 영국은 민주적인 정부 교체가 가장 부패하지 않고 국가적 역량을 극대화할 수 있다는 것을 가장 먼저 알고 이를 실행에 옮긴 국가다.

대의정치의 핵심은 치자(治者)와 피치자(被治者)의 동일성 구현이다. 피치자는 자신의 생명과 재산을 치자에게 위임하고 치자는 위임자인 피치자의 명령에 복종하는 관계인 것이다. 전쟁을 선포하고 세금을 납부하는 것을 의회가 결정하도록 한 이유가 바로 여기에 있다.

이러한 제도가 탄생하게 된 배경은 시민 의식을 가진 젠트리(Gentry)) 계급의 등장이 결정적이었다. 그들은 스스로 독립할 수 있는 경제적인 부를 가진 부르주아지로서 자치 능력을 갖춘 근대 시민 계급의 효시였다. 젠트리 계급은 과거의 귀족과 서로 정권을 다툼으로써 자유롭고 독립적인 시민 계급의 성장을 촉진했고, 오늘날 근대 국가의 기반이 되었다.

미국인들은 머리말에서 예시한 한국인들의 세탁소 업을 경쟁시키는 것처럼 같은 방식으로 정치인들을 대하고 있다. 서로 경쟁하게 함으로써 보다 나은 삶의 질을 확보한 것이다. 정치인들은 힘들지만 이를 선출하는 국민은 주권자의 지위를 확고히 함과 동시에 그 혜택도 더욱 크게 늘리고 있다.

 미국 남부는 원래 민주당 아성이었다. 공화당의 링컨 전 대통령이 남북 전쟁을 승리로 이끈 이후 1960년대 민권 운동 때까지 미국 남부는 민주당의 철옹성이었다. 그러나 공화당은 법과 질서를 내세워 남부 지역을 민주당으로부터 빼앗아 왔다. 지금은 공화당의 아성이 되었다. 이렇게 지속적으로 한 정당만을 밀어주지 않는 것이 미국의 강점이다. 프랭클린 루스벨트 대통령 재임 12년, 트루먼 대통령 재임 8년 합계 20년을 민주당 출신의 대통령이 집권하였다. 이는 대공황, 제2차 세계대전과 냉전 등의 특별한 이유 때문이었지만 그 이후에는 민주, 공화 양당이 교대로 행정부를 차지하고 있다.

4. 대한민국의 산업화와 민주화

한국의 민주화는 어떤 과정을 거쳐 이루어졌을까? 대체로 386이 제5공화국의 독재 폭압 속에서 저항한 것을 그 주된 이유로 들고, 386의 민주화 투쟁에 대해 전 국민이 빚을 지고 있는 것으로 평가한다.

그러면 그들만의 힘으로 대한민국의 오늘을 만들었는가? 결론부터 이야기하면 그들은 급진 혁명을 하려고 하면서 민주화의 길에 동참했을 뿐이었다. 실제 민주화는 보수 세력에 의해 가능했다. 우선 민주화가 가능하기 위해서는 그 물적 기반이 갖추어져야 한다. 가난하여 투표권을 팔아넘기는 상황에서 민주주의는 불가능하다. 국민소득이 100달러가 되지 못한 상태에서 민주주의가 뿌리내리는 것은 기적에 가까웠다. 4·19혁명으로 세워진 제2공화국이 무너진 것은 집권 민주당의 분열과 무능, 부패 등이었지만 그 밑바닥에는 경제적으로 자립하지 못한 국민이 대다수였다는 사실이 간과되어서는 안 된다.

민주화가 처음 시작된 서구의 경우 '부르주아지가 없으면 민주주의도 없다(No bourgeoisie, no democracy)'는 것이 정설이다. 이는 2차 대전 후 영국과 프랑스로부터 독립한 아프리카 신생국들이 물적 기반이 갖추어지지 않는 상태에서 민주주의를 시도하다가 모두 실패하고 독재국가로 전락한 것을 보면 분명해진다.

파리드 자카리아는 자신의 저서 『자유의 미래(The Future of Freedom)』에서 여러 학자의 연구 결과를 종합하여 민주주의의 전제 조건으로 국민의 부를 든다. 영국과 미국에서 사유재산권의 보장은 자본주의의 발달을 가져왔고, 이를 통해 부르주아 계층이 탄생하였으며, 이 계층의 성장은 민주주의의 확고한 토대가 되었다고 말한다.

그리고 이 저서가 발간된 2003년 무렵을 기준으로 1인당 국민소득이 3,000달러 이상 되었을 때 민주주의로의 전환 시도가 성공할 수 있다고 주장한다. 그의 말에 따르면 우리나라는 5공화국이 끝나는 1987년 3,000달러를 넘어 (3,402달러) 민주주의가 가능한 단계에 들어선다. 이러한 분석에 의하면 1980년 서울의 봄 시기에 우리의 1인당 국민소득이 1,660달러에 불과해 실질적인 민주화의 조건을 갖추지 못했음을 보여준다. 이와 관련하여 김종필 전 자민련 총재의 말을 인용한다.

> 5·16 쿠데타는 오랜 가난에서 벗어나 남에게 도움받지 않고도 잘 살 수 있는 나라를 만들기 위한 것이었습니다. '곳간에서 인심 난다'라는 말이 있습니다. 먹고 살 수 있어야 민주주의도 하고 다른 사람의 심정도 헤아릴 수 있습니다. 자유민주주의가 아무리 좋다고 한들, 목숨을 부지하기 어려울 만큼 가난하고 힘들게 산다면 사람들은 자유보다 빵을 먼저 찾을 것입니다. 자유민주주의를 하려면 경제 발전이 우선돼야 했던 시기였습니다. 배고픈데 무슨 민주주의가 있고 자유가 있겠습니까?

제2차 세계대전 이후 많은 신생국과 독립국, 후진국이 민주화와 경제 발전이라는 두 마리 토끼를 잡고자 했지만 실패했습니다. 그래서 저는 오래전부터 '무항산 무항심

(無恒産 無恒心)'을 주장했습니다. '항산'은 일정한 재산이나 생업을 말하고, '항심'은 너그럽고 여유 있는 마음을 일컫습니다. 항산이 없으면 그저 하루 벌어 하루 먹기도 힘드니 마음이 편안하지도 않고 자유로운 생활도 못합니다. 반면 재산이 있으면 너그러운 마음이 저절로 생기는 법입니다. 먹고 사는 것도 힘들었던 1950년대와 1960년대에는 경제 발전으로 먼저 민생을 안정시킨 다음에 민주주의를 시도해야 한다는 것이 저의 굳은 신념이었습니다. 그리고 아직까지도 그 신념을 후회한 적이 없습니다. 오늘날 우리가 누리는 민주와 복지는 '경제건설'이라는 항산으로 '민주주의'라는 항심을 일궈낸 결과입니다.

(김종필, 『남아있는 그대들에게』, 스노우폭스, 2018, pp.248-249)

대한민국의 산업화는 민주화의 토대가 되었다. 산업화가 없었으면 민주화가 불가능했다. 따라서 위 둘은 대립 관계가 아닌 동전의 양면과 같다. 민주화 세력과 산업화 세력을 나누는 것도, 서로 도덕적으로 우선한 양 주장하는 것도 자가당착에 빠질 수 있다.

1948년 국가 수립 후 7년이 지난 1955년에야 민주당이 만들어졌다. 그 이전에는 야당이 조직적이고 체계적으로 국정에 관여할 수 없었다. 이승만 대통령의 독재가 가능했던 것도 바로 야당이 없었던 것이 그 이유 중 하나로 지적되고 있다. 그러나 더 근본적인 이유는 당시 우리 국민에게 민주주의에 대한 개념도, 이를 수호하고자 하는 신념도 뚜렷하지 않았다는 것이다. 이러한 상황에서 제1공화국의 최대 업적은 교육이었다. 민주주의 교육에 헌신했기 때문이다.

5. 87체제의 수립 과정

한편 우리가 지금 누리고 있는 대한민국의 민주화는
5공화국 독재를 마무리하면서 이루어졌다. 1987년 당시
5공화국 독재를 끝내는 방법에 대해 재야 및 학생운동권의
주류는 북한의 대남 통일전략인 '민족해방인민민주주의 혁
명론(NLPDR)'에 입각한 변혁을 주장하였다. 이에 대해 김영
삼, 김대중 두 대통령의 보수적인 야당은 직선제 개헌이라
는 중도적인 견해를 내세웠다. 변혁 운동은 대다수 국민의
외면을 받았다. 대신 중도적인 직선제 개헌안이 채택되면
서 대한민국 민주화의 초석인 5공 청산이 이루어질 수 있
었다.

최근 서울대 정치외교학부 강원택 교수가 『제5공화

국』이라는 책을 발간했다. 이 책에서 강 교수는 1985년 2월 12일에 실시된 제12대 총선거에 주목하여, 당시 5공화국 정부가 극소수를 제외하고는 모든 정치 활동 규제를 풀어 준 결과 김영삼, 김대중 두 야당 정치인이 손을 잡음으로써 신한민주당(신민당)의 정치 혁명이 가능했다고 분석한다. 강 교수는 양 김이 대통령 직선제 개헌을 통하여 학생운동 세력과 손을 잡았고 이른바 386세력이 비로소 태동하게 된 계기가 되었다고 본다. 이들은 '김대중에 대해 비판적 지지'라는 타협안을 제시하며 신민당의 직선제 개헌 주장에 동조하였다.

    강 교수는 이때부터 일반 시민들이 대거 야당 주장에 지지를 보내기 시작했다고 본다. 양 김이 5공화국 독재에 대하여 변혁(혁명의 보다 완곡한 표현으로 당시 운동권들이 주로 사용함)보다는 정치 개혁을 통한 사회 안정을 바라는 당시 시대 조류를 읽은 결과라는 것이다. 그래서 강 교수는 87체제가 탄생할 수 있었던 원동력은 학생운동이라기보다는 직선제 개헌을 주장하고 마침내 이를 관철해 낸 김영삼, 김대중 두 정치인의 야당이라고 단언한다.

    1987년 10월 29일 현행 헌법이 제6공화국 헌법으로 공포되었다. 그해 4월 13일 당시 전두환 전 대통령이 5공화국 헌법을 유지하겠다는 호헌 선언을 하자 야당과 대한변호사협회 등이 일제히 반대 성명을 발표하였다. 재야 단체들과 대학교수들도 개헌을 요구하는 가운데 서울대생 박종철 군 고문치사 사건의 전모가 드러나고 6월 9일 연세대생 이한열 군이 최루탄에 맞아 사망하는 사건이 발생하였다. 다음 날인 6월 10일 당시 여당이던 민정당이 노태우 전 대통령을 대통령 후보로 지명하자 학생들과 일반 시민은 물론 직장인(속칭 '넥타이 부대'라고 불렀다)까지 민주화를 요구하며 전국이 시위에 휩싸이게 되었다. 마침내 노태우 후보의 6.29 선언으로 대통령직선제 개헌이 이루어졌다.

현행 헌법은 국회에서 재적 272명 중 재석 258명, 찬성 254표, 반대 4표로 가결된 후 국민투표에 부쳐져 투표율 78.2%, 찬성 93.1%, 반대 5.5%로 통과되었다. 다음 해인 1988년 2월 25일 시행되었고 대통령 임기도 그날부터 시작하였다. 대통령 선거는 헌법 부칙에 따라 헌법 시행일 40일 전인 1987년 12월 16일 제13대 대통령 선거가 실시되어 노태우 후보 36.6%, 김영삼 후보 28%, 김대중 후보 27%, 김종필 후보 8%로 노태우 대통령이 당선되었다.

현행 헌법은 대통령직선제, 5년 단임제를 주요 골자로

하여, 헌법 전문에 대한민국 임시정부의 법통 계승을 최초로 명문화하였으며, 헌법재판소, 대법관제, 국정감사 등을 부활시켰다. 지금까지의 헌법 중 최장수 헌법으로 제왕적 대통령제 헌법이라는 비판 등으로 헌법 개정의 요구가 늘어나고 있다. 현행 헌법은 군사독재 정권을 6월 항쟁으로 종식하고 개정되어 일명 '87체제'라고도 불린다.

이러한 과정에서 만약 변혁이라는 재야의 입장이 끝까지 고수되었더라면 또 하나의 군부 쿠데타 가능성이 있었다. 혁명에 의해 자신들의 신변에 변고가 생길 가능성이 농후했기 때문에 수단과 방법을 가리지 않고 정권을 유지하고자 했을 것이다. 그러나 직선제 개헌은 평화로운 정권 교체를 전제로 한 것이었기 때문에 5공화국 정부는 호헌 조치를 발표하고 5공화국 헌법에 따라 노태우 민정당 총재를 대통령 후보로 선출하고서도 6. 29선언으로 대통령 직선제를 수용함으로써 군부의 자진 퇴각이 이루어질 수 있었다. 군부의 자진 퇴각은 인류 역사상 그 유례를 찾아보기 어려운 일이다. 이에 대해 이홍구 전 국무총리는 "1987년 군사독재 세력이 국민에게 권력을 자진 반납했다"라고 말한다.

(《중앙일보》2022. 2. 22.)

87체제가 국민의 여망에 따라 대통령 직선제를 채택하고 기나긴 독재를 마무리 지으면서 군부독재의 연장선이 될 수 있는 노태우 전 대통령이 당선되지 않고 오랜 민주화 투쟁을 해온 김영삼과 김대중 두 야당 지도자의 단일화로 민주적인 정부의 탄생을 갈망했다. 그러나 위 두 사람은 끝내 단일화에 실패하고 각자 출마한 결과 오히려 노태우 전 대통령의 당선을 도왔다. 노 전 대통령은 30% 남짓의 득표로 당선되었다. 30%에는 미치지 못했으나 위 둘의 득표를 합치면 50%가 넘어 김영삼과 김대중 두 야당 지도자는 국민의 여망을 저버렸다는 비난을 감수해야 했다.

6. 1988년 13대 총선에 의한 여소야대 정국

　　민주정의당(민정당)은 1987년 6월 민주 항쟁이라는 정치적 위기 속에서 6.29 선언으로 대통령 직선제를 받아들이고서도 노태우 후보를 대통령에 당선시켜 정권 재창출에 성공했다. 그러나, 다음 해 4월 26일 치러진 제13대 국회의원선거에서 과반수 의석 확보를 위해 27명의 현역 국회의원을 지역구 공천에서 탈락시키면서까지 전력투구했음에도 '5공 청산'과 민주화 열망이 민정당에 대한 반감으로 이어져 고전했다.

　　전국 선거인 수 2,619만 8,205명 중 1,985만 815명이 투표(투표율 75.8%)한 이 선거에서 집권 민정당은 호남 지역에서 전멸했을 뿐만 아니라 지역구 87석, 전국구 38석 총

125석을 얻어 전체 의석 299석(지역구 224석, 전국구 75석) 가운데 과반인 150석에 훨씬 미치지 못하는 참패를 했다.

이에 반해 야당은 평화민주당(평민당) 70석, 통일민주당 59석, 신민주공화당 35석, 한겨레 민주당 1석, 무소속 9석으로 모두 174석을 얻어 1여 3야의 4개 정당이 의석을 나눠 가졌다. 헌정사상 처음으로 야당 의석이 더 많은 여소야대 국회가 된 것이다. 득표율도 여당이 야당에 뒤졌다. 결국 정국의 주도권은 야당으로 넘어갔다.

4개 정당이 의석을 절묘하게 나눠 가진 결과 어떤 정치 세력도 혼자서는 아무것도 할 수 없었다. 집권 여당이 독식하던 국회 부의장과 상임위원장을 정당 의석수대로 배분하는 관례가 생겼다. 모든 법률과 예산안의 심사, 국회 통과가 여야 4개 정당의 협상으로 처리되었다. 이 때문에 다수 의석을 가진 집권 여당의 날치기와 이를 막기 위한 야당 의원들의 국회 점거 농성과 몸싸움이 사라졌다. 각 정당이 원칙과 주장을 목청 높여 외치면서도 서로 대화하고 타협하면서 문제를 해결하는 민주정치가 살아났다.

7. 제6공화국 출범 시 혼란과 검찰의 대응

　　제6공화국 출범은 검찰이 1988년 5공 비리 수사를 시작으로 다음 해 공안합동수사본부 발족 등을 통해서 서서히 그리고 본격적으로 등장하는 계기가 되었다. 이는 1988년 12월 6일 첫 2년 임기제 총장으로 부임한 김기춘 검찰총장의 지휘하에 진행되었다.

　　87체제 하에서는 그동안 대규모 집회 시위의 진압에 투입되었던 경찰이나 용공 조작으로 민주인사를 탄압하였다는 안기부의 위상은 많이 저하된 반면 검찰의 위상은 상대적으로 높아졌다. 더구나 독재가 아닌 민주 정부에서는 모든 갈등이 법대로 해결될 수밖에 없었고 그 법의 집행자인 검찰의 위상이 높아진 것은 자연스러운 흐름이었다.

13대 국회의원선거에서 여소야대 국회로 됨에 따라 1988년 6월 27일 '5공 비리 특별위원회(5공비리특위)'가 구성되어 새 세대 심장재단, 새마을 본부, 노량진 수산시장 비리, 삼청교육대 등 44개의 사건이 선정되었다. 일부 성과도 있었지만, 다음 해 2월 13일 여당인 민정당이 특위 종결 방침을 발표하였고 3월 22일 청문회의 무기한 연기가 결정되면서 사실상 종결되었다.

　　그러나 1988년 12월 10일 검찰에 '5공 비리 특별수사부'가 발족하여 전경환을 비롯한 전두환 전 대통령의 친인척 10명, 장세동 전 안기부장, 이학봉 전 대통령 민정수석 등 47명이 구속되고 29명이 불구속 입건되었다. 전두환 전 대통령은 그해 11월 23일 부인 이순자 여사와 함께 강원도에 있는 백담사로 내려간 후 12월 31일 5공 청문회 국회 증언대에 섰다가 다시 백담사로 돌아가 1990년 12월 30일까지 2년여 동안 있었다.

　　5공 비리 수사가 1988년 말 마무리되고 1989년 새해가 되자 그동안 재야 운동권의 주요 이슈였던 직선제 헌법 쟁취가 사라지고 대신 통일 논의가 새로운 이슈로 부각되었다. 1988년 8월 15일을 전후하여 대학가에서는 남북학생회

담을 이슈로 한 대규모 집회 시위가 발생하였고 1989년에는 황석영 작가, 문익환 목사, 임수경 양 등이 몰래 북한에 들어간 사건(밀입북 사건)이 발생하였다. 1989년 초 해방 이후 최초이자 최대의 재야 통합 단체인 '전국민족민주운동연합(전민련)'이 결성되어 매 주말 대학로에서 1만여 명이 모이는 대규모 집회를 개최하였다. 노태우 대통령의 공약사항인 중간평가가 이슈였지만, 이재오 전민련 조국통일위원장 등이 공개적으로 북한 당국과 접촉을 시도한 것이다. 기자회견을 통하여 판문점에서 특정 시간에 만날 것을 제의하고 북한의 조국평화 통일위원회 위원장이 화답하는 형식이었다. 그뿐만 아니라 서로 약정한 시간에 맞추어 서울 은평구 구파발을 지나 판문점까지 진출을 시도하였다.

어렵사리 성사한 직선제 헌법에 따라 출범한 새 정부가 1년도 채 되지 않아 혼란에 빠지기 시작한 가운데, 정부가 아닌 민간이 주도하는 통일 논의는 북한의 대남 적화 전술에 이용당하기 쉽고, 남한과 북한이라는 두 개의 배가 서로 싸우고 있는데 제3의 배를 타고서 북한과 협조하여 남한을 공격하는 것은 도저히 묵과할 수 없다는 것이 당시의 논리였다. 전민련 고문인 문익환 목사의 밀입북, 이재오 전민련 조국통일위원장의 자의적인 대북 접촉은 6.25를 겪은 세대가 아직 남한 인구의 30% 이상을 점유하고 사회적 지도층을 형성하고 있는 분위기에서 도저히 용납될 수 없었다. 이러한 민간 차원 통일 논의는 1988년 7월 7일 노태우 대통령의 '민족자존과 통일 번영을 위한 특별선언(7.7선언)'의 영향을 받은 바 크지만 재야 운동권의 자의적 대북 접촉은 그와는 차원이 다른 문제였다.

이에 정부는 1989년 4월 3일 공안합동수사본부를 발족하고 위 이재오 위원장과 고은 민족문학작가회의 의장을 자의적 대북 접촉 등 혐의로 구속하였다. 이들은 3.1절을 기하여 판문점에서 북한과 접촉하기 위해 구파발까지 진출한 혐의다. 안기부와 경찰, 그리고 검찰이 주도하는 공안합동수사본부는 6월 17일 해체될 때까지 이부영 전민련 의장 등 주요 간부들을 구속 기소함으로써 전민련을 국가보안법상의 이적단체로 규정하지 않고서도 사실상 해체했다.

문익환 목사 이외에도 서경원 국회의원, 임수경 양 등의 밀입북 사건은 온 나라를 체제 옹호적인 보수적 분위기로 바꾸었다. 관련된 전민련이나 전국대학생대표자협의회(전대협) 의장 임종석 등 재야 및 학생 운동권들이 대거 국가보안법 위반 등으로 검거되어 구속 기소되었다. 정치권에서는 문익환 목사의 동생 문동환 평민당 부총재와 김대중 총재가 문익환 목사와 서경원 의원 밀입북 사건과 관련하여 수사를 받음으로써 정국이 얼어붙었다.

이러한 수사는 과거 안기부나 경찰이 직접 인지하던 과거 공안 수사와 본질적으로 달랐다. 전민련 수사의 경우 서울시 경찰청 장안분실에서 수사했는데 이는 수사의 주체만 경찰이었을 뿐 검찰의 직접 인지 사건 수사와 같았다. 그동안 수집된 관련 동향 정보를 증거자료로 활용하기 위하여 검사의 지휘에 따라 경찰의 관련자 진술 청취나 증거서류 작성이 이뤄졌다. 범죄사실이나 피의자 신문 시 필요한 질문 사항들도 검사가 직접 작성하여 경찰에 넘겨 주었고 경찰은 이에 따라 피의자 신문 등을 하고 기록을 작성했다. 당시 국가보안법 위반 사건의 수사 기간은 경찰에서는 최대 20일, 검찰에서는 최장 30일까지 가능했다.

장안분실 소속 경찰관 50명은 검찰과 유기적으로 협조하여 전민련 수사를 진행하였고 임수경 양 밀입북 관련 문규현 신부와 공모한 천주교 정의구현사제단 소속 신부 3명을 국가보안법 위반으로 구속했다. 그들의 헌신과 봉사로 공안합동수사본부는 주어진 소임을 다 할 수 있었다. 당시

2명의 경사(사법경찰리)가 경위(사법경찰관)로 특별 승진하였는데, 이는 검찰이 적극적으로 추천하였기 때문이었다.

전남 함평 출신 평화민주당(평민당) 소속 서경원 의원은 유럽 여행 중 성낙영 목사를 통해 접촉한 북한 인사의 주선으로 체코슬로바키아를 경유, 1988년 8월 19일부터 21일까지 밀입북한 사실이 뒤늦게 알려져 1989년 6월 27일 국가보안법 위반으로 안기부에 구속되었다. 안기부는 서 의원이 북한에서 허담이 배석한 가운데 김일성과 면담, 통일 문제 등을 논의하였으며 5만 달러를 받아 간첩 활동을 하였다고 발표했다.

안기부와 검찰은 이를 국회 간첩단 사건으로 보고 정치권과 재야 단체를 수사하였다. 특히 김대중 평민당 총재의 관련 여부를 조사하였다. 수사 결과 김 총재는 국가보안법상 불고지죄 및 외환관리법 위반으로 불구속 기소되었고 이길재 평민당 대외협력위원장, 방양균 비서관 등 9명이 국가보안법상의 불고지죄 등으로 구속 또는 불구속 기소되었다. 결국 이러한 사건들로 우리 사회가 다시 보수화하였고 정국은 냉각되었으며 정치권과 재야 세력들은 공안 정국이라고 비난했다. 그러나 이러한 수사를 통하여 검찰은 정치권의 주된 관심사가 되었고 정부 기관 중 가장 영향력 있는 기관으로 부상되기 시작했다.

국민적 지지 기반이 확고하지 않은 노태우 정부는 사회적 이슈나 갈등을 풀기에는 힘에 겨웠다. 우선 정치권은 김영삼 총재와 김대중 총재라는 국민적 절대적 지지를 받는 야당이 있었고, 더구나 여소야대로서 사실상 소수로 몰려 있었다. 더구나 공약사항인 중간평가 시기가 다가오자 이를 요구하는 정치권과 재야 단체, 학생운동권의 거센 공세는 현 정부를 더욱 궁지에 몰아넣었다. 이러한 때 구원군으로서 검찰의 등장은 천군만마(千軍萬馬)와도 같았다. 그것도 법과 사명감으로 무장한 검사들의 일사불란한 움직임은 집권 여당의 신뢰는 물론 보수화된 대다수 국민의 지지를 받았다.

그러나 1989년은 세계적인 대 전환기였다. 한국전쟁 이전부터 시작된 냉전이 1989년 소련(소비에트 연방)의 해체, 베를린 장벽의 붕괴 등으로 대전환기를 맞이하고 있었다. 소련의 해체 내지는 붕괴는 미국 등 서방 국가도 그렇게 빨리 갑작스럽게 오리라 생각하지 못했다. 따라서 그에 대한 실질적 대비도 없었다.

이러한 상황에서 제6공화국 정부는 7.7선언을 시작으로 북방정책을 적극 추진하였다. 88 서울올림픽의 기회를 활용하여 1988년 8월 헝가리와 상주 대표부 설치, 1990년 소련과 수교(붕괴 직후 러시아와 재수교), 1992년 8월 중국과 수교, 같은 해 12월 몽골, 베트남과 수교를 하였고 1991년 9월 남북한 유엔 동시 가입을 이끌어내는 등의 성과를 이루었다.

대외적 북방정책의 추진은 소위 공안 정국이라는 국내적 상황과는 모순되는 모습을 보여주지만, 국내적인 정국 안정이 오히려 북방정책을 마음 놓고 추진할 수 있는 기반이 되었다. 또한 북방정책을 적극적으로 추진함으로써 국내 재야와 운동권의 대북 관련 이슈를 선점할 수 있었다. 검찰은 공안정국의 일익을 담당함으로써 원하든, 원하지 않았든 간에 정치적인 현안에 깊숙하게 개입하게 되었다.

8. 3당 합당과 민주자유당의 출범

　　민주화 분위기를 타고 5.18 민주화운동, 언론 통폐합, 권력형 비리 등 전두환 정권의 어두운 면을 파헤치는 국회 청문회가 TV 생중계되면서 국민의 폭발적인 관심을 끌었다. 노태우 정부는 전두환 전 대통령과 선을 긋고 그를 국회청문회에 세웠다. 전두환 전 대통령 일가와 측근들의 비리에 대한 검찰 수사로 측근들이 구속되고 전두환 전 대통령은 백담사로 사실상 귀양을 떠났다.

　　군사정권 시설 해직된 언론인들이 국민 성금으로 한겨레신문을 창간하고, KBS와 MBC는 정권의 나팔수 역할을 반성하고 비판적인 시사 프로그램을 잇달아 방영하여 높은 시청률을 기록했다. 여당인 민정당은 이러한 민주화 분위기 속에서 정치 주도권을 야당에 뺏기자 1986년부터 추진 해 왔던 보수정당 대통합을 다시 추진하고자 했다.

민정당은 처음에는 제1야당인 김대중 총재가 이끄는 평민당과 손잡으려 했다. 평민당과 합당하면 과반 의석을 확보하고 호남에 지지 기반도 마련할 수 있었다. 그러나 평민당이 반응을 보이지 않자 김영삼 총재의 통일민주당과 김종필 총재의 신민주공화당에 합당 제의를 하였다.

이때 전임 전두환 대통령의 영향력을 지우고 노태우 후보를 명실상부한 대통령으로 만들어 '6공의 황태자'로 불린 박철언 의원이 1990년 1월 노태우 대통령을 대리하여 김영삼 총재와 3당 합당을 의논했다. 그는 민정당 내 다수파인 민정계의 실질적인 리더였고 당의 공천권을 좌지우지할 수 있었으나 민정계에는 김영삼을 능가할 만한 대통령 후보가 없었다. 이에 일본의 자민당을 벤치마킹한 내각책임제 개헌 구상을 하게 되었다. 만일 내각책임제 개헌을 한다면 국회의원을 많이 거느린 사람이 최고 권력자가 될 수 있었고 이는 노태우 대통령과 박철언 의원이 바로 바라는 바였다.

김영삼 총재가 이끄는 통일민주당은 제13대 총선에

서 23.8%의 득표율로 19.3%를 얻은 김대중 총재의 평민당보다 많은 득표를 했음에도 의석수에 있어서는 평민당이 70석을 차지한 데 비해 59석으로 평민당에 제1야당을 내어주고 제2야당이 되었다. 차기 대권의 경쟁 관계에 있는 김대중 총재와의 사이에 이 같은 결과가 나오자, 김영삼 총재는 위기감을 느꼈다. 김영삼 총재는 노태우 대통령, 김대중 총재, 김영삼 총재, 김종필 총재가 할거하는 4당 구도가 대선 때까지 지속되면 대통령이 되기 어렵다고 보고 야권에 남아 김대중 총재와 경쟁하기보다는 여권의 대통령 후보가 되는 방안을 고려하게 되었다. 김영삼 총재는 비밀리에 민정당과 합당 협상을 벌였다.

이 사실이 알려지자, 통일민주당 내에서는 이기택, 김정길, 장석화, 김상현, 박찬종, 홍사덕, 이철, 노무현 의원 등 8명이 독재 정부 후신인 민정당과 함께할 수는 없다면서 끝까지 합당에 반대했다. 이들은 김영삼 총재와 결별하고 민주당(일명 꼬마 민주당)을 결성했다.

김종필 총재의 신민주공화당은 13대 총선에서 지역구 27석, 전국구 8석 등 35석을 얻어 교섭단체 확보에는 성공했으나 표밭인 충청도에서 27석 중 15석밖에 얻지 못했다. 여기에 신민주공화당은 민주화가 화두가 된 시대에 국민에게 '보수' 원조 격으로 여겨져 민정당과 거의 차이가 없고, 두 차례의 보궐선거에서 패배했을 뿐만 아니라, 구 민주공화당 출신들은 야당 생활에 잘 적응하지 못하여 불만이 높았기 때문에 당을 꾸려가기가 어려웠다. 김종필 총재는 이대로는 대권 도전 자체가 힘들다고 판단하고 내각제 개헌에 기대를 갖고 민정당, 통일민주당과의 합당에 나섰다.

1990년 1월 22일 민정당 총재인 노태우 대통령, 김영삼 통일민주당 총재, 김종필 신민주공화당 총재가 3당 합당을 발표하고, 같은 해 2월 9일 거대 여당인 민주자유당(민자당)이 탄생했다. 13대 총선으로 국민이 만들어준 여소야대 정국은 약 2년 만에 다시 여대야소가 되었다. 3당의 국회 의석수를 합치면 개헌선인 200석을 넘었다. 이전인 호남 대 부산 경남(PK) 대 대구 경북(TK) 대 충청도의 4자 지역 정치 구도가 한순간에 호남 대 비호남으로 단순화되었다. 민주 진영의 양대 주자였던 김영삼과 김대중 두 총재 간의 통합은 끝내 이뤄지지 않게 되었다. 김대중 총재의 평민당만이 유일하게 원내 야당으로 남았다. 고립된 호남은 이후 필사적으로 '김대중 = 민주화'를 등치시키며 민주당의 전유물이 되었고, 그 상태는 지금까지 계속되고 있다.

9. 민자당 내의 내각제 개헌 갈등

대통령 단임제가 되면서 대통령에 당선되면 곧 후임 대통령이 누가 될 것인가에 정치권과 세간의 관심이 쏠리기 시작했다. 야당의 김대중 총재나 김영삼 총재를 이길 수 있는 대중적 인물이 없던 민정당으로서는 내각책임제가 그 대안이 될 수 있었다. 그 때문에 내각책임제를 전제로 3당 합당을 했던 것이다. 그러나 내각책임제를 추진하는 데 있어서 제일 큰 걸림돌은 다름아닌 김영삼 민자당 대표최고위원이었다.

1990년 1월 22일 3당 합당을 할 때 노태우 대통령, 김영삼 총재, 김종필 총재는 이면으로 내각제 개헌에 합의하고 각서를 작성했다. 다음 대통령 출마에 강한 의욕을 갖고 있던 김영삼 대표는 내각제 합의를 이행할 뜻이 없었다. 그런 와중인 1990년 5월 6일 민자당 제1차 전당대회를 사흘 앞두고 작성된 "노태우 대통령과 김영삼 대표, 그리고 김종필 최고위원은 모두 최고위원의 자격으로 1년 안에 내각제로 개헌한다. 이를 위해서 올해 안에 개헌 작업에 착수한다"는 내용으로 합의 서명한 위 각서가 전당대회 20일 후 언론에 공개되었다. 각서의 공개는 김영삼의 반대에도 내각제 개헌 논의를 본격화하겠다는 신호였다.

민정계에서는 3당의 밀실 합당에 대해 국민 여론이 부정적이어서 김대중 총재가 개헌 반대 여론을 증폭시켜 개헌 자체를 아예 무산시킬지 모른다는 우려 때문에 어찌 됐든 김대중 총재를 개헌 틀에 끌어들여야 한다는 필요성을 절감하고 있었다. 그래서 같은 해 6월 16일 노태우 대통령은 김대중 평민당 총재와 내각제 개헌 문제를 두고 3시간에 걸친 단독회담을 했다. 노태우 대통령은 이날 "내각제 개헌을 한 다음에 총선을 치른다. 개헌을 추진할 경우 평민당과 사전 협의하겠다"라며 개헌 추진을 처음으로 기정사실화 했다. 또한 "임기가 끝난 뒤에는 어떤 형태로든 국정에 관여하지 않겠다"라고 했다. 이것은 김영삼 당 대표최고위원이 개헌을 반대하고 나설 경우 개헌은커녕 또다시

당이 내분 사태에 빠질 것을 우려하여 김대중 총재를 끌어들여 김영삼 대표를 압박하여 개헌을 밀어붙일 계획에서 나온 것이다.

김대중 총재는 3당 합당 때 "합당의 다음 단계는 이원집정부제라 할 수 있는 내각제 개헌이다"라고 하며 내각제 불가 입장을 가지고 있었다. 그래서 대통령과의 독대에서 집요하게 따졌다. 그러나 심각하게 대립했다는 흔적은 없었다. 독대 전에 그는 "국민 대다수가 내각제를 지지한다면 받아들이지 않을 수 없다. 그러나 13대 국회는 내각제 개헌을 할 자격이 없다"고 했다. 그 말은 14대 국회는 내각제로 갈 수도 있다는 말이나 마찬가지였다. 김대중 총재로서도 호남이라는 확고하기는 하지만 그만큼 한계가 뚜렷한 지역 기반을 가진 그가 대통령 직선제보다 내각제가 더 유리한 현실적인 측면이 있었다. 이런 점에서 민정계는 김대중 총재와 평민당이 내각제에 대해 극렬하게 반대하지 않는다고 보고 있었다.

중앙일보가 1990년 10월 25일 자 신문에 "전당대회 직전 노태우 대통령과 김영삼 대표, 김종필 최고위원이 내각책임제 개헌에 합의하고 각서를 만들었다"라는 폭로 기사와 함께 합의 각서 사본까지 공개했다. 이 폭로는 김영삼 대표를 내각제 개헌 합의의 당사자로서 합의에서 발을 빼지 못하도록 압박하고자 한 노태우 대통령과 박철언 의원의 작품이었다.

김영삼 대표는 난감했다. 그렇지 않아도 3당 합당으로 인해 군사정권과 야합했다는 비난을 받아 자신의 기반인 부산 경남 지역에서조차 입지가 좁아져 있는 마당에 국민의 열망이었던 대통령 직선제 개헌 후 겨우 한 번 대통령선거를 치르고는 다시 내각제 개헌을 위한 야합을 한 게 되었기 때문이다.

1990년 10월 28일 김영삼 대표는 청와대를 향해 직격탄을 날렸다. 그는 "합의 문서 공개는 처음부터 우리를 궁지에 몰아넣어 고사시키려는 정치 공작이다. 군사 정권식 발상인 것이다. 내각제 개헌은 국민과 야당이 반대하면 절대 할 수 없는 것이다"라는 성명을 발표했다. 민주계 소장파 의원들은 "민자당에 남든 뛰쳐나가든 장수가 죽기 일보 직전인 마당에 우리는 무조건 YS (김영삼 대표)를 따를 것"이라며 지원했다. 서청원, 강삼재, 최기선, 김운환 등 강경파 의원들은 탈당불사론을 들고나왔다. (YS나 DJ 등 영문 머리글자

표기는 미국 제26대 시어도어 루스벨트 대통령을 TR로 부르면서 시작되었다)

　　김영삼 대표는 10월 31일 대표최고위원 당무를 거부하고 경남 마산으로 내려갔다. 이것이 내각제 각서 파동이다. 여론도 내각제 이면 합의를 비난했다. 여당 이인자인 김영삼 대표의 당무 거부와 마산 잠적에 노태우 대통령과 민정계는 당황했다. 이들은 김영삼 대표를 가까스로 달래 다시 서울로 불러들였다. 당무에 복귀한 김영삼 대표는 '차기 대권 조기 가시화'를 주장하며 노태우 대통령과 민정계를 압박했다. 민정계 일부도 친 YS로 돌아서기 시작했다. 민정계가 차기 주자 한 명을 내세우지 못하고 있었기 때문이다. 김영삼 대표가 당의 주도권을 장악하고 민정계는 김영삼 대표에게 예속돼 버렸다. 김영삼 대표는 이렇게 특유의 승부사 기질을 발휘하여 위기를 기회로 만들었다.

10. 김영삼 대표의 집권 투쟁

　　노태우 대통령과 박철언 의원은 김영삼 없는 정권 재
창출을 위해 1990년 12월 27일 노재봉 서울대 교수를 국무
총리로 임명했다. 이 인사는 두 가지를 위한 포석이었다.
노재봉 교수는 1990년 3월부터 같은 해 12월까지 노태우
대통령의 청와대 비서실장으로 있으며 내각제 개헌을 지
지했다. 내각제로 가면 총리로 내세울 수 있는 인물이었다.
만약 내각제 개헌에 실패하면 노재봉 총리를 강영훈 전 총
리, 박태준 민자당 최고위원과 함께 민정계의 대선 후보로
고려한 포석이었다.

　　노재봉 총리는 취임 이후 학생운동 및 노동운동 등 재
야 민주화 세력에 대해 강력하게 대처했다. 그 과정에서

1991년 4월 26일 명지대생 강경대 군이 경찰 측의 쇠 파이프에 맞아 숨지는 사태가 일어났다. 이후 여론 악화로 노재봉 총리는 단명으로 끝났다. 결국 노태우 대통령이 추진하려던 내각제는 물 건너갔다. 이어 노태우 대통령이 박철언 의원을 후계자로 삼으려 하자 김영삼 대표는 "박철언에게 후계자를 주면 즉시 반정부 투쟁을 하겠다"라고 압박했다.

1992년 대통령 선거의 해가 떠오르자 김영삼 대표는 노태우 대통령과 박철언 의원을 다시 강하게 압박했다. "내각제를 백지화하라. 그렇지 않으면 탈당하겠다." 결국 노태우 대통령은 굴복했다. 김영삼 대표는 자신에 맞서 민자당 대통령 후보자가 되려고 했던 박태준 최고위원이나 이종찬 의원(현 광복회장)에 대해서도 노태우 대통령의 고등학교 동창으로 정무장관을 역임한 한국 정치의 대표적인 킹 메이커이자 선거 전략의 대부로 통하던 김윤환 의원을 자기편으로 끌어들여 물리쳤다.

1992년은 제14대 총선과 대통령 선거가 있었다. 3당 합당 2년 만에 치러지는 제14대 국회의원 총선거는 노태우 정부의 마지막 평가이자 14대 대선을 8개월 앞둔 전초전이었다. 1992년 3월 24일 299명의 국회의원을 뽑는 제14대 총선거가 실시되었다. 각 지역구에서 1인의 국회의원을 뽑는 소선거구제를 통한 직접선거로 총유권자 수 2,900만 3,828명에 2,084만 3,482명이 투표하여 투표율이 71.9%였다. 2년 전 민정당, 통일민주당, 신민주공화당의 3당 합당으로 219석의 거대 야당이었던 민자당은 3당 합당으로 경상도와 충청도 지지를 얻게 되어 민자당의 압승을 예상하고 있었다.

그런데 3당 합당에 대한 비판, 내각제 이면 합의를 둘러싼 민정계와 민주계의 파쟁이 계속되었을 뿐만 아니라 선거 막판에 현대그룹 총수 정주영이 통일국민당을 창당하여 돌풍을 일으켰다. 통일국민당은 여야의 낙천자들을 영입하여 보수층 일부를 끌어갔다. 그리하여 민자당은 선거 전 193석이었으나, 선거 결과 792만 3,718표를 얻어 149석으로 44석이 줄었다. 과반 의석에도 미치지 못한 참패였다.

김대중 총재의 평민당은 3당 합당으로 인해 민주계가 야권에서 떨어져 나가자 유일한 야당으로 내몰렸다. 김대중 총재는 평민당을 신민주연합당으로 개편하고 3당 합당에 반발하여 뛰쳐나간 꼬마 민주당을 끌어들여 새로운 민주당을 만들었다. 또한 기존 운동권 세력들을 끌어들이는 등 외연을 확대했다. 민주당은 600만 4,578표를 얻어 선거 전 74석에서 23석을 더 얻어 97석으로 선전했다. 정주영 회장의 신생 통일국민당은 선거 전 8석으로 출발했으나 선거 결과 357만 4,419표를 얻어 31석으로 원내 교섭단체를 구성했다.

민자당 내의 다수파인 민정계는 김영삼 당대표에게 총선 패배의 책임을 물어 대표직에서 끌어내리려는 움직임을 보였다. 이러한 공세의 일환으로 민정계는 3당 통합 당시 3인의 총재들이 서명한 합의 각서 사본을 언론에 유출해 공개하였다. "내각제를 백지화하라. 그렇지 않으면 탈당하겠다. 나, 김영삼 아니면 누가 정권을 재창출할 수 있겠느냐?" 총선 참패의 책임이 김영삼 대표에게 돌아올 수 있던 상황이었으나, 김영삼 대표는 오히려 자신을 차기 대통령 후보로 밀지 않으면 탈당하겠다는 배수진을 치며 노태우 대통령을 압박했다.

김영삼 대표는 군 출신 노태우 정권과 손을 잡았다는 것만으로도 이미 재야 진영에서 배신자 소리를 들으며 정치적으로 꽤 큰 손상을 입은 상태였다. 탈당을 해도 재야 민주화 세력에게서 호응을 얻기가 매우 어려웠다. 그러나 탈당해서 평민당에 들어가 김대중 총재를 지지하겠다고 하면 양 김 연합으로 군부 세력 대 민주 세력 구도가 되고, 김대중 총재에게 영호남 통합 후보라는 상징성까지 부여하면 본인도 이인자로서 다음 대권을 바라볼 수 있을 테니 김영삼 대표로서도 해볼 만했다. 이는 민자당의 참패 속에서도 이전 김영삼 대표의 통일민주당 기반이었던 부산 경남 지역을 거의 석권했기 때문에 가능한 시나리오였다.

노태우 대통령과 박철언 의원은 김영삼이 없는 정권 재창출의 묘책을 찾지 못했다. 전두환 전 대통령이 한때 후계자의 한 사람으로 고려했던 노재봉 총리를 영입하였으나, 노재봉 내각을 내세운 박철언 의원의 공세는 무위로 끝났다. 김영삼 대표는 내각제 개헌을 하거나 박철언 의원에게 후계자를 주면 즉시 반정부 투쟁을 하겠다고 압박해 왔고 결국 노태우 대통령을 굴복시켰다. 1991년 4월 6일 박철언 의원은 노태우 대통령의 명령에 따라 그의 지지 기반이던 월계수회의 고문직을 사임하였다. 김영삼 대표에 맞서 민자당 대통령 후보자가 되려고 했던 박태준 최고위원과 이종찬 의원의 운명도 박철언 의원과 크게 다르지 않았다.

마침 국군 보안사에서 '청명 계획'을 세워 야권 인사들을 사찰 체포하는 작전을 세웠다는 폭로가 이어졌다. 김영삼 대표도 사찰 대상이었다는 점이 알려지자, 김영삼 대표는 여당 대표최고위원도 사찰하는 정권이라며 노태우 정권을 강하게 압박했다. 김영삼 대표의 이런 행보에 박철언 의원 등 민정계는 강력히 반발했다. 일부 민정계 강경파는 차라리 분당을 하자고 주장했다. 하지만 지지율이 10 내지 20%대로 낮았고 마땅한 대권 후보도 없었다. 김영삼 대표가 다시 김대중 총재와 합당이라도 해서 정권 교체가 되면 양 김에게 정치 보복을 당할지 모른다고 생각한 민정계는 결국 김영삼 대표에게 당권을 내주게 되었다.

1992년 5월 19일 민자당은 김영삼 대표최고위원을 대통령 후보로 선출했다. 호랑이 굴에 들어가 호랑이에게 잡혀 먹일 것이라고 김영삼 대표를 조롱했던 사람들은 그의 뚝심에 탄성을 질렀다. 노태우 대통령, 김종필 총재 등과의 3당 합당 과정에 내각제 이면 합의가 있었으나 김영삼 대표는 노태우 대통령을 압박하여 이를 백지화하였고, 김윤환 의원을 자기편으로 끌어들임으로써 다른 경쟁자들을 물리쳤으며, 노태우 대통령이 박철언 의원을 후계자로 삼으려 하자 강하게 반발하여 무산시켰다. 그리고 일부 민정계와 공화계 의원들의 반발을 누르고 민자당의 대통령 후보가 되었고 제14대 대통령 선거에 출마하여 당선되었다.

11. 민주화는 김영삼 대통령의 작품

3당 합당 후 TK와의 치열한 권력 투쟁 끝에 당선된 김영삼 대통령은 집권 5년 동안 역사바로세우기를 내세워 TK 출신 인사를 철저히 배제함으로써 TK 독점 구도를 깨뜨렸다. 1993년 2월 취임한 직후 TK 세력의 핵심이라고 할 수 있는 군부 사조직 하나회를 해산하였다. 그리고 2월 27일 자신과 가족들의 재산을 전격 공개했다. 총액수는 17억 7,822만 원이었다. 이 또한 고위 공직을 차지하고 있던 TK 출신 인사들을 겨냥한 것이었다. 김영삼 대통령은 이것이 역사를 바꾸는 명예혁명이라며 공직자들의 재산 공개를 종용했고 그 결과 삼부 요인과 고위 공무원들이 연이어 재산을 공개하게 되었다.

검찰에서는 TK 출신 정성진 대검찰청 중수부장과 PK

출신 최신석 검사장이 재산이 많다는 이유로 옷을 벗었다. 정성진 중수부장은 호남 출신 서민호 의원의 사위로서 장모가 부산에서 포목점을 하여 많은 재산을 축적하고 있었기 때문이었고, 최신석 검사장은 선친이 부산에 많은 주유소를 소유하고 있었기 때문이었다. 고위공직자 재산 공개는 당시 고위 공직 중 주요 보직을 다수 차지하고 있던 TK 출신들에게 큰 타격을 주었다.

그리고 1993년 5월 13일 특별 담화를 통해 문민정부는 5.18 광주민주화운동의 연장선에 있는 정부라고 선언함으로써 5.18 민주화운동을 촉발한 TK 출신 인사들과 대척점에 있음을 분명히 했다.

이어 6월 22일에는 이경식 경제부총리를 불러 금융실명제를 신속하게 진행하라고 지시하여 8월 12일 '금융실명거래 및 비밀보장에 관한 긴급명령'을 통해 모든 금융거래를 실명으로 하여야 한다는 금융실명제를 도입하였다. 이로써 경제 비리와 부패의 온상인 금융 차명이나 재산 은닉이 불가능하게 되었다. 아울러 토지 거래 실명제를 시행하여 부동산 가격의 안정과 과도한 토지 겸병을 방지하는데 기여했다. 그러나 이로 인하여 당시 권력과 부를 사실상 독점하고 있던 TK 지역 출신 인사들에게 가장 큰 충격을 주었다.

이 모든 것이 김영삼 정부가 아니고서는 할 수 없는 조치였다. 그 이유는 노태우 정부와 같은 당이었기 때문에 TK의 대규모 반발 없이 가능했고, 당시 야당이었던 김대중 정부나 재야 운동권으로서는 엄두도 내지 못할 일이었다.

그는 이에 그치지 않고 박정희 정부에서 국유화, 국영화된 도로와 철도, 항만 등의 시설을 전면적으로 민영화하였고 1998년까지 농지개혁조합(농업기반공사)과 한국통신 등을 점차로 민영화하는 등 공기업 매각과 민영화를 추진하였다. 전매청을 민영화하여 담배인삼공사로 바꾸었다. 이 또한 TK 출신 인사들의 경제적 독점을 분쇄하는 기능을 했다.

이어서 전두환, 노태우 두 전직 대통령의 비자금을 수사해 처벌했고, 군사 반란과 5.17 쿠데타 및 5.18 민주화운동의 강제 진압을 물어 군사정권 관계자 등을 사법처리하였다. 하나회 해체와 두 전직 대통령의 처벌이라는 군부 권위주의 유산의 극복은 김영삼 전 대통령이 가장 높이 평가받는 부분이다. 정치 군부의 전격적인 제거와 쿠데타 세력

처벌을 통한 나라의 문민화, 곧 군부 개혁은 김영삼 문민정부의 최대 업적이 되었다. 민주화로의 물결이 다시는 역전되지 않도록 돌아올 수 없는 임계점과 회귀 불능선을 확고부동하게 넘은 것이다. 남미, 동남아시아, 중동, 아프리카의 많은 나라에서 민주화 이후 극도의 정치 불안정에 빠져 만성 소요 사태 또는 군부 재집권을 허용한 민주주의 역진 경로를 밟은 사례들과 비교해 보면 한국의 철저한 군부 유산 극복과 병영으로의 복귀는 놀라운 것이었다.

군부의 긴 정치 참여와 집권 경험, 거대한 규모와 정보력, 분단과 남북 대치 상황에도 불구하고 김영삼 전 대통령은 군부가 다시는 정치 개입을 상상조차 할 수 없고 국가수호에만 전념하도록 완전히 탈바꿈시켰다. 게다가 한국은 군부 출신 대통령이 이끄는 정부들의 경제 발전 업적이 결코 작지 않음에도 이를 안고 넘어 정치로부터 군부를 퇴출하여 본연의 위상과 역할을 회복하게 한 것이다.

한편 김영삼 대통령은 취임 직후부터 TK 인맥을 해고하고 그 자리에 PK 인맥으로 채웠다. 하나회가 물러간 자리에는 PK 출신 인사들이 차지했다. 모든 것이 다 그랬다. TK 인사들을 몰아낸 그 자리에는 김 대통령과 오랜 야당 생활을 같이한 민주계 인사들과 부산 경남 계열 인사들이 집중적으로 중용되었다. 김영삼 대통령의 역사바로세우기는 대구 경북 사람들에게는 정치 보복일 뿐이었다. 이에 전두환 전 대통령은 "정치 보복을 하는 것이 아니냐"라고 주장하기도 하였다.

물론 TK 출신 인사들의 중용도 있었다. 대표적인 인물이 이재오 민주화운동기념사업회 이사장, 김문수 노동부 장관, 홍준표 대구시장 등이다. 그러나 이들도 TK 본류와 대척점에 있던 TK 출신 인사들이었다. 일부에서는 이이제이(以夷制夷)로 해석하기도 한다.

김영삼 대통령의 역사바로세우기 운동은 대한민국의 정통성 확립에 중점을 둬 대한민국의 정통성이 임시정부에 있음을 명시하고, 1993년 8월부터 중화인민공화국에 있는 임정 요인들의 유해를 환국하는 사업을 추진했다. 8월 5일 국립묘지에 임정 요인 묘소를 신설하게 하고, 1993년 8월부터는 문화관광부와 국립중앙박물관에 중앙청 (구 조선총독부 청사)을 철거하라는 지시를 내렸다. 중앙청은 1995년 8월 15일 광복 50주년 경축식에서 중앙동 랜턴의 해체를 시작으로 철거에 들어갔다. 이 때문에 보수 인사들로부터 건국과 부국을 이룬 이승만과 박정희 두 대통령을 건너뛰었다는 반발을 샀고, 지금까지도 계속되는 건국 논쟁의 불씨를 남겼다.

또한 1994년 6월 4일 5.16 '군사 정변은 쿠데타'라는 발언으로 보수 세력의 반발을 샀다. 5.16 군사 정변을 쿠데타로 정의한 뒤 각 교과서에 군사 혁명으로 기술된 부분을 쿠데타나 정변으로 고치게 했다. 이로 인하여 김종필 민자당 최고위원 등 보수 세력의 지지를 잃었고, 이후 김종필 최고위원은 축출된 구 민정계 세력을 규합하여 '자유민주연합(자민련)'을 창당하였다.

12. 여야 정치권력의 교체로
민주화 지속 가능

　이와 같이 3당 합당의 후유증은 결국 김영삼 대통령 이후 정국의 주도권이 김대중 대통령, 노무현 대통령으로 넘어가는 결과를 낳았다. 호남 고립과 지역대결 구도를 악화시켰다는 혹독한 비판을 받은 3당 합당을 통해 집권한 김영삼 대통령의 경로는 반대였다. 12.12 쿠데타 단죄와 하나회 척결은 영남 TK에 기반을 둔 정치 군부의 퇴치였을 뿐만 아니라 쿠데타 세력의 정점에 있던 두 전직 대통령을 처벌한 것은 광주에서 시민 학살 책임에 대한 단죄 의미를 함께 갖는다. 5.18 특별법 제정을 통해 광주민주화운동의 성격과 위상을 확고히 한 것도 김영삼 정부였다.

　김영삼 대통령은 김대중 총재가 1992년 대통령 선거에서 패배한 직후 정치 은퇴를 선언하고 영국으로 갔을 때 당시 영국 대사로 하여금 극진히 모시도록 하였을 뿐만 아니라 하나회 숙청과 정치 군부 처벌을 통하여 김대중 총재에 대한 강력한 비토 세력을 제거해 주었다. 더구나 1997년 대선에서 자신의 당 소속인 이회창 후보가 TK 세력을 등에 업고 있다는 사실에 측근인 이인제 전 경기도지사가 이회창 후보와의 경선에서 패배하고 국민신당을 창당한 후 대통령 후보에 출마하자 자신의 심복으로서 정치자금 관리인격인 서석재 의원으로 하여금 이인제 후보를 돕게 하였다. 그뿐만 아니라 선거 직전에 터진 검찰의 소위 김대중 비자금 사건 수사 요구를 거절함으로써 사실상 김대중 총재의 당선을 도왔다.

1997년 12월 18일 대선에서 김대중 후보가 이회창 후보에게 승리하자 두 사람은 이틀 뒤부터 매주 만나 오찬 회동을 했다. 첫 회동 사흘 뒤인 12월 23일 양측 동수의 '12인 비상경제대책위원회'가 구성됐다. 현직 경제부총리, 외무부 장관, 통상산업부 장관, 대통령 경제수석, 총리 행정조정실장, 한국은행 총재가 정부 측 멤버였다. 인수위보다도 먼저 만들어져 사실상의 경제 비상 내각 역할을 했다. 이 기구를 통해 김대중 당선인은 IMF 외환위기 속에서 국가

부도를 막을 수 있었다.

　김대중 당선인의 인수위와 김영삼 정부의 재정경제원은 추경예산도 공동으로 추진했다. 김영삼 대통령은 김대중 당선인에게 사실상 대통령의 권한을 행사하도록 전폭적으로 협조했다. 최선의 정권 이양 모델이었다.

(이하경,《중앙일보》 2022. 4. 4. p.31)

　이는 이후 지속된 여야 정권 교체라는 대한민국 민주주의의 확고한 기반이 되었다. 이렇게 대한민국 민주화는 3당 합당으로 정권의 연장을 꾀하던 TK 세력에 대한 김영삼 대통령의 불신과 그 결을 같이 한다. 재야 및 학생운동권이 전두환 정권에 맞서 87체제를 만드는 데 일정 부분 기여한 사실은 맞다. 그러나 그것만으로는 대한민국의 민주화는 이루어질 수 없었다.

　6공화국은 여야가 교대로 집권하여 권력을 나누는 형태를 띠었다. 이는 서로 간의 당파적 경쟁을 유발하는 모양이 되었다. 당파적 경쟁 및 감시와 아울러 금융실명제 실시와 함께 부정부패도 급속히 줄어들었다. 전두환, 노태우 두 대통령의 천문학적 뇌물 액수에 비하면 김영삼, 김대중 두 대통령 자제들의 뇌물 액수는 현저히 작다.

조선왕조가 500여 년 지속될 수 있었던 이유 중 하나는 붕당정치에 있었다. 성종 대에 이르면 경국대전의 완성과 더불어 사실상 조선의 유교문화가 최고로 꽃을 피우게 된다. 이때를 기점으로 국력이 쇠퇴할 조짐을 보인다. 성종 다음 왕이 연산군이고 그의 학정에 반발한 중종반정, 그리고 명종 대에 이르면 문정왕후의 섭정과 그 동생들인 윤원형 등이 대윤과 소윤으로 나뉘어 싸우는 등 외척이 득세한다. 이러한 때 선조가 즉위하면서 조선조의 명유인 이황과 이이를 중심으로 붕당정치가 시작된다. 붕당정치는 격렬한 당쟁으로 정국이 불안해지는 폐해도 있었지만 정치에 새로운 활력을 불어넣고 붕당 간의 경쟁으로 부패가 줄어들었을 뿐만 아니라 외척의 국정 개입이 차단됨으로써 도덕성을 회복하여 조선이 지속 가능하게 해 주었다.

그러나 영조와 정조의 탕평책으로 붕당정치가 사라지고 탕평당이라는 일당 독재가 나타났고, 이어 세도 정치가 시작됨으로써 붕당정치는 노론에 의한 독재 정치로 바뀌었다. 독재 정치는 처음에는 국력을 결집하여 크게 발전시킬 수 있으나 독재자나 독재 세력에 대한 줄 세우기로 인하여 매관매직이 횡행하고 도덕성이 상실되면서 국가의 동력을 급격히 떨어뜨리게 되어 있다. 1801년 순조 즉위 이후 시작된 세도정치는 도덕성 상실은 물론 지배계층 내의 분열과 백성들에 대한 가렴주구로 이어져 결국 1910년 일본에 합방됨으로써 조선은 지구상에서 사라져 버렸다.

이와 같이 여야의 정권 교체의 가장 큰 장점은 부패 방지에 있다. 일당 독재가 계속될 경우 독재는 줄 세우기를 강요하고 여기에는 반드시 부패가 싹트게 되어 있다. 정권 교체가 되지 않았을 경우 사장될 수 있는 부패의 고리가 정권 교체로 드러나게 되고 국가는 도덕성을 확보함으로써 국민통합이 가능하다. 최근 직전 여당의 대통령 후보가 부패 혐의로 재판을 받고 있다. 정권 교체가 되지 않았으면 사장될 수 있었다. 그러나 이렇게 법정에 서게 된 것은 정치 보복이라고 볼 수도 있겠지만 그보다는 정권 교체의 부패 방지 기능을 보여준 것이라고 할 것이다.

아울러 소외되었던 지역이나 계층을 국가 운영에 적극 동참하게 함으로써 국가적 에너지를 극대화할 수 있었다. 독재 시대에 특정 지역이나 계층만이 국가 경영에 관여한 것과 비교할 수 없는 정도의 발전을 이루어낼 수 있었다. 우리가 선진국이 될 수 있는 터전은 바로 여기에 있었다.

13. 재야의 제도권 편입으로 민주화 확장

　　노태우 정부의 유연한 정국 운영과 북방정책, 분당 신도시 건설, 사회간접자본 확충 등 대외, 대내 정책의 성공은 오히려 기득권 세력의 강화를 가져왔다. 이것이 3당 합당이었다. 그 과정에서 재야 및 학생운동권은 이미 민주적 헌법 개정으로 민주적으로 탄생한 노태우 정부를 독재정권이라고 비난하며 매주 대학로에서 만여 명이 모여 민주적으로 수립된 정부를 타도하자는 집회와 시위를 개최하였다. 이들은 김대중 총재에 대한 비판적 지지라는 핑계로 군부독재를 타도하기 위해 일시 제도권과 타협했지만, 자신들의 변혁 운동의 끈을 놓지 않고 있었다.

　　4·19 이후 사라졌던 '가자 북으로, 오라 남으로, 만나자 판문점에서'란 구호를 내세워 대규모 판문점 진출 시위를

벌이고, 자의적으로 적대 세력과 내통하며 황석영 작가, 문익환 목사, 임수경 양, 문규현 신부 등의 불법 밀입북 사건을 획책하고, 연쇄적인 분신자살과 화염병 시위로 어렵게 성취한 87체제를 부인하고 우리 사회를 혼란에 빠뜨렸다. 이는 급격한 혁명보다는 점진적 개혁을 바라는 대다수 국민의 지지를 받지 못했고 검찰이 주도하는 공안합동수사본부의 창설과 대규모 검거 및 수사로 이어졌다. 5공화국 때와는 완전히 달라진 환경 속에서 대부분의 재야 및 학생운동권은 구속되어 실형을 살았다.

민주화를 위해 헌신했다는 사람들이 자신들이 이룩했다고 주장하는 민주화를 스스로 깨뜨리는 자기모순에 빠진 것이다. 이들은 수감생활을 마친 후 김대중 대통령의 '젊은 피 수혈'과 김영삼 대통령의 재야인사 및 운동권 계열 인사 영입에 따라 제도권으로 들어오게 되었다. 이들의 제도권 편입은 때마침 이루어진 여야 정부 교체와 함께 국가적 에너지를 극대화할 수 있었다. 이후 지금까지 우리 사회에서는 재야인사라는 말은 물론 화염병과 최루탄도 사라졌다. 아울러 정치적으로 소외된 계층이나 지역도 극히 줄어들었다.

그러나 그들 중 일부는 자신들이 신념에 따른 행동이 국가보안법 위반이라는 점과 이를 처벌한 검찰에 대해 깊은 원한을 갖게 되었고, 끊임없이 국가보안법과 검찰의 수사권 폐지, 그리고 고위공직자비리수사처 신설을 주장하다가 노무현 전 대통령이 검찰 수사를 받다가 서거하자 본격적으로 검찰의 폐지를 주장하게 되었다. 검찰은 경찰국가의 폐해를 극복하기 위해 경찰의 머리 부분을 검찰에 주고 몸통만 경찰에 남겨둔 형태로, 경찰 수사 과정에서 검찰의 지휘를 받도록 함으로써 인권을 보장하기 위한 법적, 제도적 장치다. 문재인 정부에서 검찰의 중립성을 문제 삼아 경찰에 대한 수사지휘권을 폐지하고 고위공직자범죄수사처(공수처)를 신설함으로써 이러한 검찰의 인권 보장 기능을 없애 사실상 검찰 제도를 형해화(形骸化)하였다. 이제는 검찰 수사의 불공정을 문제 삼아 직접 수사권은 물론 헌법상 기구인 검사 제도까지 폐지하려 하고 있다.

　　이들 운동권이 일시 혁명을 포기하고 제도권에 들어옴으로써 민주화에 일정 부분 기여한 바 있지만, 결국 대한민국 민주화는 김영삼 문민정부의 역사바로세우기에 의해 제도화되었고, 이는 TK 세력의 독점 분쇄 및 쇠퇴와 그 궤를 같이한다.

이와 같이 산업화 세력이 민주주의를 제도화하였음에도, 민주화보다는 혁명을 하고자 했던 386세력은 제5공화국의 독재에 대하여 저항한 자신들의 투쟁이 민주화 투쟁이고 그에 대해 전 국민이 빚을 지고 있다고 생각하고, 이에 대한 공헌을 명분으로 정계에 입문하여 두 차례나 정권 창출에 성공했고, 지금도 국회의 절대 다수당인 민주당 안에서 주도적인 입지를 확보하고 있다. 이제 586이 된 그들은 자신들의 젊었을 때의 민주화 투쟁을 한껏 과시하면서 마치 자신들의 주의 주장이 모두 민주적인 양 여론을 호도하고, 자신들이 이룩한 공적을 후대에까지 이어가려 한다. 우리나라 헌법상 훈장 등의 영전은 이를 받은 자에게만 효력이 있고, 어떠한 특권도 이에 따르지 아니함에도(대한민국 헌법 제11조 3항) 헌법의 근본 취지를 몰각하고 있는 것이다.

또한 헌법에는 공무원 임용 방식에 관하여 선출직과 임명직으로 구별되어 있을 뿐 그 권한과 책임은 똑같이 규정하고 있다. 일부 국회의원들이 선출직 공무원이 보다 우월한 지위에 있는 양 행정부의 장·차관이나 공무원을 상대로 대정부 질문 등을 하면서 막말을 하여 모욕을 주거나 탄핵 사유가 되지도 않는 사실이나 심지어 허위 사실로 헌법상 임명된 공무원에 대하여 탄핵을 발의하여 망신을 주고 있다. 이는 위와 같은 헌법정신을 무시하고, 국민의 참정권에 의하여 선출된 선출직과 그렇지 않은 비선출직으로 구성된 혼합 정권인 민주국가에서 비선출직 공무원이 선출직 공무원을 지켜주고 있다는 사실을 깨닫지 못한 처사라 할 것이다.

14. TK의 쇠퇴는 일당 독점의 결과

TK 세력에게는 김영삼, 김대중, 노무현 대통령 시대를 거치면서 새로운 인재 양성의 기회가 주어지지 않았다. 노무현 대통령 시절에는 "이제 TK는 언론사 정치부장이나 사회부장도 없다"라는 자조 섞인 한탄이 나올 지경이 되었다. 그러나 TK는 수십 년간 우리나라의 산업화를 이루어낸 공로와 그에 따른 저력이 있었다. 여기에 노무현 정부의 경제 실패로 그 지지도가 하락한 결과 TK 출신 인사의 집권이 가능해졌다. 그러나 이번에는 TK 지역의 본류가 아닌 변방인 포항 영일만 출신의 이명박 대통령이 당선되었다. 이 대통령은 과거 산업화 신화를 재현시키기 위해 나름 최선의 노력을 다했지만 결국 TK의 분열을 막지 못했다.

TK 본류라고 할 수 있는 후임 박근혜 대통령과의 치열한 경쟁은 TK 세력의 분열을 가져왔다. 지리멸렬한 야당 덕분에 박근혜 대통령이 당선되었지만, 다시 친박과 비박 사이의 내부 분열로 치달았고 이는 결국 박 대통령의 탄핵으로 이어졌다. TK에게 주어진 9년간의 재집권 동안 그들은 새로운 인물을 창출하지 못했다. 그동안 TK 출신으로서 정국을 주도한 이재오 민주화운동기념사업회 이사장, 김문수 노동부장관, 홍준표 대구광역시장 등은 모두 김영삼 대통령이 발탁한 인재들이었다.

그러면 왜 TK 지역에서 새로운 전국적인 인물이 등장하지 않았는가? 이는 지역 내 경쟁이 없었기 때문이다. 이에 대해서는 지난 총선 때 대구를 방문한 이재명 민주당 대표의 연설이 그 이유를 잘 설명하고 있다.

정치인들은 경쟁을 시켜야 합니다. 잘하면 상을 주고 못하면 벌을 줘서 경쟁을 시켜야 주인을 위해서 열심히 일하지 않습니까? 그런데 잘해도 찍어주고 못해도 찍어주고 국민을 거역해도 찍어주고 국민을 고통스럽게 만들어도 그냥 찍어주니까 국민이 맡긴 권력, 예산을 국민을, 그리고 국가를 위해서 쓸 이유가 없지 않습니까? 자기 개인 뱃속이나 채우고 자기 가까운 세력들, 친인척들 부자 만들

어 주는 데 그 권력 쓰지 않습니까? 지역을 발전시킬 필요
도 없습니다. 그래도 찍어주니까 그래서 대구가, 한때 잘
나가던 대한민국의 경제 중심 대구가, 지금은 어떻게 됐습
니까?

수도권이 잘 사는 이유가 여러 가지가 있습니다만, 정부
정책이 수도권 일극 체제 때문이기도 하지만, 또 하나는
수도권은 여야 정치인들이 치열하게 경쟁합니다. 평소에
지역을 위해서 우선 도서관 예산, 주차장 예산, 하다못해
무슨 학교에 나무 자르는 예산이라도 더 안 가져오면 다음
선거에 떨어집니다. 여러분! 그러니 정치인들이 한 푼이라
도 더 챙겨서 지역에 도움이 되게 하려고 정말 죽을 노력
을 다합니다.

그렇게 정치인들이 경쟁을 하니 서로 전철, 광역철도 도입
하려고 난리 아닙니까? 그러니까 서울에는 노선 한 개에
7조 원씩 8조 원씩 하는 거 그런 GTX, ABCDEFG로 갑니
다. 여러분! 서울이, 수도권이 중요하기도 하지만 정치적
경쟁이 벌어지는 지역이기 때문에 정치적 결단에서 언제
나 경쟁이 치열한 지역 우선으로 예산이 배분될 수밖에 없
습니다. 여러분!

대구가 발전하는 길은 국가 정책을 바꾸는 것입니다. 이 상태로는 개인이 아무리 노력해도, 기업들이 아무리 노력해도, 지방 소외 때문에 대구만 잘 살 수가 없습니다. 여러분!

대한민국은 지역 균형 발전이 국가적 과제입니다. 그런데 안 됩니다. 지방 대부분은 경쟁이 없기 때문입니다. 여러분! 이 특정 지역을 일 당이 지배하게 하는 거 이거 여러분의 삶을 망치는 것입니다. 이 지역을 망치는 것입니다. 정치인들에게, 정치 세력에게 공평한 기회를 주십시오. 경쟁을 시키십시오. 그래서 그들이 진정한 주권의 주체인 국민과 지역을 위해서 일하지 않으면 권력을 누릴 수 없게 만들어야 합니다.

TK 지역을 기반으로 하는 당이 노태우 대통령 이후 내부 갈등에 휩싸인 이유도 지역 내 견제 세력, 곧 지역 야당의 존재가 미미하여 공동의 적을 상대하기 위한 내부 결속보다는 당권을 잡기 위한 내부 갈등에 치중했기 때문이다. 노태우 대통령과 김영삼 대표와의 민자당 내부 갈등을 시작으로, 김영삼 대통령과 이회창 총재와의 신한국당 내부 갈등, 이명박 대통령과 후임 박근혜 대통령과의 친이, 친박의 대립과 박근혜 대통령 시절 친박, 비박의 치열한 권력 투쟁은 물론 지금의 윤석열 대통령과 한동훈 국민의힘 대표와의 갈등도 모두 외부의 적이 없는 상태, 곧 지역구에 강력한 야당이 없었기 때문이다. 이명박 대통령 당선부터 내리 4번의 전국적인 선거에 승리하고부터 TK 지역은 더욱 일당 체제로 굳어졌다.

하나의 당이 한 지역에서 오래 집권하다 보면 부패가 싹 트고 큰 인물이 나타나지 않는다. 정치 지망생들은 그 당에 줄을 서야 공천을 받을 수 있어, 정책 대결보다는 당에 대한 충성만이 출세의 기준이기 때문에 국민의 지지를 받기 위한 치열한 경쟁이 없다. 그 결과 전국적인 인물이 나올 수 없는 토양이 되어버린다. 대구 경북 지역의 다선 의원 중 대통령 후보감이 없는 이유다. 그래서 전국적으로 대등한 당이 그 지역 내에서 서로 경쟁해야 한다. 그래야만 부패도 없어지고 참신한 정치인이 나올 수 있는 것이다. 이와 비슷한 곳이 호남이다.

15. 호남의 낙후 원인도 일당 독점 때문

호남의 경우 1988년 황색 바람(제13대 총선에서 김대중 총재가 이끄는 평민당에게 제1야당이 되게 한 것을 말한다. 당시 평민당의 상징색이 노란색인데서 유래한다.)이 분 이후 민주당의 집권이 계속되고 있다. 한때 안철수 의원이 이끄는 '국민의당'이 일시 주도했으나 최근에는 더욱 민주당화하는 경향을 띠고 있다. 그래서 호남 지역은 어느 지역보다 경제적으로 낙후되고 부패하였으며 경쟁력 있는 정치인이 나오질 않는다. 정세균, 이낙연 두 전직 총리가 전국적인 인지도는 있지만 온실에서 자란 식물처럼 경쟁력이 없어 대통령 후보가 되지 못한 이유다.

오히려 투쟁력을 과시하는 이재명, 조국 대표에 대한

호남의 지지도가 훨씬 높게 나타난다. 국민의힘에 대한 혐오 때문에 오로지 민주당만을 지지하는 것이다. 그래서 이재명 대표의 말처럼 여야 정치인 모두 호남 지역 발전에 신경을 쓰지 않는다. 지난 총선 선거 운동 기간 중 한동훈 국민의힘 비상대책위원장이나 이재명 민주당 대표 모두 호남 지역에서 유세하지 않았다. 호남을 위한 공약도 없었다. 호남이 차별받는다고 생각하는 것은 결국 호남의 자업자득이지만 이를 이용하는 민주당이나 이를 방치하거나 포기한 국민의힘의 책임이 무엇보다 크다.

현재 호남은 여야 공히 신경 쓸 필요가 없는 지역이 되어버렸다. 더욱 안타까운 것은 경쟁이 없는 지역에서는 부패 카르텔이 형성되고 참신한 전국적인 정치인을 만들어내지 못함으로써 미래를 기약할 수 없다는 것이다.

한편 이러한 호남의 특정 정당에 대한 편중된 투표 성향은 그 정당에 과도한 자신감과 오만을 불어 넣었다. 호남의 진정한 발전보다는 선거 때마다 지역감정을 부추기고 현 정부에 대해 무조건 반대하는 쪽으로 몰고 갔다. 호남이라는 텃밭이 있으니까 어떤 정책이나 행동도 할 수 있다는 자신감에 과도한 입법 활동이나 내로남불('내가 하면 로맨스,

남이 하면 불륜'이라는 뜻으로 남이 할 때는 비난하던 행위를 자신이 할 때는 합리화하는 태도를 일컫는 말이다)식 파렴치한 행동을 서슴지 않고 있는 것이다. 이에 염증을 느끼는 호남 지역 주민들의 분위기를 간파하고 그 틈새를 파고드는 정당이 조국혁신당이다. 조국혁신당은 2024년 10월에 치러진 영광, 곡성 군수 보궐선거에 당력을 집중하였다. 그러나 민주당과 조국혁신당의 대결은 여야의 대결이 아니고 야당 간의 세력 다툼에 불과하여 호남의 발전에 보탬이 되지 못한다.

호남이 이런 지경에 이르게 된 것은 5.18이 결정적 계기가 되었다. 1960년대 근대화 이전 호남은 다른 지역에 비해 경제적으로나 문화적으로 긍지와 자부심이 넘쳤던 까닭에 3공화국 이후 경제 발전과 공직 임용에서 소외되자 지역에서 느끼는 소외감은 훨씬 컸다. 이러한 분위기 속에서 5.18 광주민주화운동이 일어난 것이다. 그렇지 않아도 민심이 이반되고 있는 상황에 불을 지핀 결과가 되었다. 그동안은 지역 차별이라고 해서 직접 피부로 느끼기보다는 간접적 체험에 그쳤으나 국군의 살상 행위는 직접적인 위해였고 현실적인 차별이었다. 산업화 이전에 품고 있던 국가 발전에 크게 이바지하였다는 자부심과 긍지는 분노와 좌절로 바뀌어 갔다.

특히 호남 차별이라는 이야기를 듣고 자란 중고생들이 국군의 잔혹 행위를 목격한 충격은 상상 이상이었다. 이들은 광주시민을 학살하고 제5공화국을 세운 주체들이 모두 영남의 대구·경북 출신이라는 사실에 분개했다. 그래서 영남이 주도하는 민정당부터 그를 이은 지금의 '국민의힘'까지가 무조건 싫은 것이다. 3당 합당 이후에는 '김대중=민주당'이라는 생각이 굳어져 오로지 민주당만을 지지하고 있다. 이들은 서울에 있는 대학에 입학하여 386 운동권의 핵심이 되었고, 이한열 열사가 되었다. 그 밖에 수많은 학생이 분신자살을 서슴지 않았다. 아랍의 탈레반과 같이 되어 버린 것이다.

한편 광주시민을 비롯한 호남 주민들은 국가의 위법 부당한 불법행위에 대항했을 뿐이고, 이는 정의로운 일이었음에도 국가에 의해 폭도로 매도되고 있는 사실에 분개했다. 그 후 5공화국 정부에서 동서 화합 목적으로 대구와 광주를 잇는 88고속도로를 개통하고 광주·전남 지역에 많은 재정을 투입하였지만, 그 상처는 쉽게 치유되지 않았다. 이는 동학운동으로 상처받은 당시 조선인들이 느끼는 심정과 비슷했고, 최근 동학운동 유공자까지 포상하자는 움직임으로 나타났다.

이러한 광주 전남지역 정서에 편승하여 전국에서 광주민주화운동과 직접 연관이 없음에도 대정부 불만 세력들이 자신들의 요구사항을 관철하기 위하여 광주민주화운동과 연결해 광주에서 대규모 집회 시위를 개최하였다. 여기에 광주시민들도 자신들의 소외감에서 벗어나고 싶은 생각과 광주민주화운동 당시 외부와 통신만 두절되었지 전기, 수도, 전화가 정상 가동되었고 은행에 대한 습격이 없었으며 사재기도 없이 평화로운 질서 유지를 하였다는 민주시민으로서의 자부심을 타 지역 사람들과 공유한다는 감정 등이 복잡하게 교차하여 이들을 흔쾌히 받아들였다. 그러나 그럴수록 광주는 다른 지역으로부터 소외되어 갔고 항상 반대만 하는 부정적인 이미지가 덧씌워졌다.

김대중 대통령의 당선으로 이러한 소외감은 상당 부분 해소되었으나 대통령 자제들의 불법행위와 일부 호남 출신 고위 공무원들의 부도덕한 행위가 합쳐져서 다른 지역으로부터 경원시 되었다. 그 후 노무현 대통령이 호남 표의 결집으로 당선되자 386 운동권들은 광주·전남북의 정치의식에 관심을 기울이기 시작했다. 그때부터 광주의 아픈 상처와 소외감을 해소하기보다는 이를 이용하여 집권하기 위한 방법으로 포퓰리즘을 확대해 갔다. 이제 호남 지역은 하나의 정치 세력, 그것도 영남 특히 대구 경북지역에 대한 반감으로 뭉치게 되었고, 이것은 운동권들의 인기영합주의에 의해 확대 재생산되었다. 그래서 국민의힘은 최근 몇십 년 동안 아무리 호남에 구애해도 광주 전남지역에서 이정현 전 의원을 제외하고는 국회의원이나 지방자치단체장을 당선시키지 못하는 기록을 세웠다.

우리 사회 내에서는 조선왕조 말과 일제하에서 생긴 소외감을 벗어나기 위해 항상 외부나 외국의 눈치를 보는 버릇이 생겼다. 내부 평가나 국내에서의 평가 보다 외부의 평가를 우선시하고 외국에서 칭찬해 주면 우쭐해하고 외국에서 비난하면 이를 침소봉대하여 과장하는 경향이 나타났다. 이는 소외감이 자신감의 상실에서 비롯되기 때문이다. 이와 비슷한 생각에서 광주민주화운동과 직접 관련이 없음에도 광주민주화운동을 칭찬하거나 관련 입법에 관여한 사람들을 광주민주화운동 유공자로 포상함으로써 유공자의 진위에 대한 논란을 일으켰다.

여기에는 호남 출신 출향 인사들의 탓도 크다. 그들은 호남에서 자라 중앙으로 진출하여 출세한 후에는 과거 선비들처럼 낙향하여 후진을 양성하고 주변의 모범이 되어야 했다. 그러나 호남 출신 출향 인사 중 일부만 국회의원이나 지방자치단체장 등 지방의 공·사직을 맡기 위해 귀향했다가 그 보직이 끝나면 서울로 돌아가 버린다. 그래서 지방에서 느끼는 소외감도 커지고, 남아서 고향을 지키는 사람들에게 새로운 비전과 희망을 주지 못하고 있다.

이제는 호남도 바뀔 때가 되었다. 중세 때부터 "지식은 힘이다"라는 말에는 반드시 "힘에는 책임이 따른다"라는 말이 함께 있었다. 지식이 함부로 남용되면 수많은 사람에게 해악을 끼치기 때문이다. 모든 힘에는 거기에 부수되는 책임과 의무가 있어야 한다는 격언은 누구에게나 해당한다. 이미 세 번이나 호남이 지지했던 대통령이 나왔다. 그리고 지금도 호남이 지지하는 정당이 국회를 압도적으로 장악하고 있다. 그렇게 힘이 있으면 반드시 그에 대한 책임이 뒤따른다. 국가 공동체의 이익을 위한다는 공적 의무를 잊어서는 안 된다. 그러한 공적 의무를 제대로 이행하지 않으면 많은 후유증을 낳고 그 힘도 결코 오래갈 수 없다. 이제는 바뀌어져야 한다.

김대중 전 대통령은 IMF 극복을 위해서는 국민통합이 필요하다는 생각에서 자신을 사형에 처한 전두환 전 대통령의 사면에 동의하였다. 그리고 그를 대통령 취임식에 초

청함은 물론 청와대의 만찬에 초대하거나 국제회의나 회담 결과를 보고하였다. 그러한 국민통합 노력으로 미증유의 IMF 사태를 이른 시일 안에 극복할 수 있었다. 그는 사후에도 여야를 불문하고 정치 보복을 하지 아니한 대통령으로 추앙받고 있다.

노무현 전 대통령은 법조인이었으므로 자신에 대한 수사가 어떻게 진행될 것인지 잘 알고 있었다. 검찰 수사가 끝난 후 자신이 기소되면 최소 매월 열리는 재판 때마다 서초동 법원 주변이 당시 민주당의 상징인 노란색으로 변할 것이고 국론 분열이 극에 달할 것임을 예상했을 것이다. 소외된 사람들을 보듬어 함께 잘살아 보고자 했던 그의 정치적 신념에 비추어 자신으로 인하여 국론이 분열되고 갈등을 낳았다는 것은 도저히 견딜 수 없는 고통이었을 것이다. 그래서 그는 스스로 목숨을 끊음으로써 국가가 분열되는 사태를 막았다. 그가 묻혀 있는 봉화 마을은 여야 정치인들이 국민 통합을 외칠 때마다 자주 찾는 곳이 되었다.

이제는 우리 모두 소외감이나 콤플렉스를 벗어날 때가 되었다. 특히 호남이 그렇다. 그래서 호남의 문제를 푸는 것이 대한민국의 문제를 푸는 것이다. 그 첫 단추가 호남이 전두환 전 대통령을 용서하는 것이다. 그 이유도 있다.

이승만 전 대통령은 4·19 혁명 후 미국 하와이로 정치적 망명을 했으나, 전두환 전 대통령은 2년여 백담사에서 유배 생활을 하고 1995년 12월 3일부터 1997년 12월 22일까지 2년여 구속수감되어 있었지만, 주위의 권유에도 불구하고 정치적 망명이나 해외로 피신하지 않았다. 아울러 단임 약속을 지키고 물러났다.

전 전 대통령은 5.18 유혈사태 책임과 부정부패 등 역사상 많은 오점을 남겼지만, 우리가 남미 같은 정치적 혼란을 겪지 않은 것은 위 두 가지가 큰 영향을 주었다. 단임 약속을 어기고 또 군사 반란이나 쿠데타를 했다거나 정치적 망명이나 해외 피신 등의 굴곡된 역사가 반복되었다면, 대한민국의 민주주의 발전에 엄청난 장애가 되었을 것이다. 어느 전직 대통령도 조국을 버리지 않는 전통이 수립된 것이다. 이는 전 전 대통령의 반성 여부와 관계없이 대한민국의 민주주의를 갈망하는 5.18정신이 어느 정도 용인할 수 있는 부분이라고 생각된다.

김대중 대통령이 전두환 전 대통령과 함께 만찬 하는 사진은 지난 대통령 선거 당시 민주당 대통령 후보가 광주 5.18 민주 묘지 초입에 있는 전두환 비석을 올 때마다 밟고 간다고 하면서 찍은 사진과 대비된다. 김대중 대통령이 전두환 전 대통령을 용서한 것은 정치 보복을 하지 않겠다는 개인적인 정치적 신념일 뿐 광주시민과는 무관하다는 주장도 있지만, 위 민주당 후보의 행위가 광주시민 모두의 뜻이라고 보이지는 않는다.

참을 수 없는 것과 용서할 수 없는 것을 참고 용서할 때 그 진정한 의미가 있다. 소외는 분노와 좌절을 낳고 그것은 혐오로 이어진다. 승자의 덕목은 용서와 아량이다. 이제 우리 사회의 주류가 된 광주시민들이 해야 할 일은 과거에 대한 용서와 화합된 미래로 나아가는 것이고, 그것이 광주민주화운동의 교훈일 것이다.

16. PK의 부상과 국민의힘의 대응 방안
:호남으로 가라

현재 대한민국은 TK 주도의 국민의힘과 PK 주도의 민주당이 교대로 정국을 주도하고 있다. 민주당은 호남이라는 확고한 지지층을 가지면서 정국의 주도권을 확보했다. 돌이켜 보면 TK 독점의 군부 권위주의 시대를 종식한 김영삼 문민정부의 TK 죽이기 결과가 부산 경남 출신 노무현, 문재인 두 대통령으로 이어졌고 이제 조국 대표, 김경수 전 경남지사로까지 이어질 모양새다. 호남은 명분만 주류에 속할 뿐 방계로서 그 실질적 혜택을 누리지 못하고 있다.

대한민국은 6공화국 이후 여야 정치권력의 교체로 인하여 부패를 막고 민주화도 이루어냈다. 그러나 아직 지방 정부는 그러하지 못하다. 이제는 지방 정부 민주화, 곧 지방자치 정부 내에서의 여야 정치권력의 교체가 필요한 때가 되었다.

　최근 부산지역은 여당 일변도에서 벗어나려는 모습이 뚜렷해지고 있다. 이는 노무현 전 대통령에 의해 만들어졌다. 김영삼 전 대통령에 의해 정계에 입문한 노무현 전 대통령은 13대 국회의원선거에서 김영삼 전 대통령의 통일민주당으로 부산 동구에서 출마하여 당선되었으나 3당 합당 때 민자당 합류를 반대하고 꼬마민주당으로 남아 있다가 1992년 14대 총선에서 민주당 부산 동구에서 출마하여 낙선했다. 1998년에는 서울 종로 보궐선거에서 김대중 전 대통령의 새정치국민회의 소속으로 출마, 당선되었다. 그리고 2000년 16대 총선에서 새천년민주당 부산 북구 강서구 을 후보로 출마했다가 또다시 낙선했다. 정치 1번지라는 본인의 현역 지역구인 종로를 버리고 지역주의 타파를 부르짖으며 또다시 부산으로 내려가 낙선한 그를 바보라고 불렀다. 그러나 이것은 부산이 여야 정치권력이 교체하는 큰 시금석이 되었다. 그리고 그는 퇴임 후 고향인 부산 경남으로 내려갔다. 그리고 스스로 목숨을 끊었다.

　그의 지역주의 타파 노력으로 부산 경남 지역은 국회

의원은 물론 지방자치단체장의 여야 정치권력 교체가 이루어지고 있다. 그래서 이미 결론이 난 가덕도 공항 건설에 여야 모두 관심과 지원을 아끼지 않고 있다. 부산에서 조국 바람이 분 것도 그러한 맥락에서 보아야 하고 2024년 10월 치러진 부산 금정구청장 보궐선거에 여야 지도부가 총출동하여 선거 운동을 한 이유다.

그러면 TK 지역까지 접수하여 동진(東進)을 완성하고자 하는 민주당의 기세에 대하여 국민의힘은 어떤 전략으로 대한민국의 민주주의를 지켜낼 수 있을까? 상대방의 가장 강한 부분이 가장 약한 고리가 될 수 있다는 점을 유념해야 한다. 민주당의 절대 지지 세력은 호남이다. 호남으로 서진(西進)하지 않으면 국민의힘은 미래가 없고 민주당 독재를 저지하지 못했다는 역사적 책임을 져야 한다. 호남에서 지지율을 올리지 못하면 호남 출신들이 많이 살고 있는 수도권에서 선거 때마다 고전을 면치 못할 것이다. 따라서 다음 대통령 선거를 이기기 위해서는 호남에 각별히 신경을 써야 한다. 그 출발이 이번 영광, 곡성 군수 보궐선거였음에도 국민의힘은 '조용한 선거' 운운하며 실기하였다. 아직도 당내에는 호남포기론이 우세한 것 같다.

지방자치단체장 선거가 2년도 남지 않았다. 호남 출신

으로 고위 관직을 지내거나 호남 지역 내에서 신망을 얻고 있는 분들을 영입하여 지방자치단체장 선거에 출마시켜야 한다. 그러나 패배가 확실한 지역에 아무도 출마하지 않을 것이다. 더구나 호남 지역에서 국민의힘 후보로 나서는 것은 지역 정서상 배신자가 되는 것이다. 호남 지역 민심은 국민의힘이 5.18 민주화운동을 폄하하는 세력이라고 보고 있기 때문이다. 그래서 김영삼 전 대통령의 5.18 민주화운동에 대한 입장을 이어받은 국민의힘은 이제 5.18 민주화운동을 모독하거나 폄하하는 세력과의 단절을 선언하고 그러한 인사를 과감하게 출당 조치하는 등 이를 공식화해야 한다. 그렇게 해야 호남 지역에서 국민의힘 후보로 자신 있게 출마할 수 있을 것이다.

그런 다음 이렇게 출마를 결심한 예비 후보자들에게 이 시대가 요구하는 합당한 명분을 제시해야 한다. 호남에서 여야 정부 교체가 일어나지 않으면 호남의 부패 고리를 끊을 수 없고 전국적인 인물을 만들어낼 수 없다고 설득해야 한다. 한 번에 설득되지 않으면 재차, 삼차 설득해야 한다. 그리고 이번 선거에서는 지방자치단체장으로 당선되지 않아도 되고, 호남을 위해서 여야 대립 구도만 만든 것만으로도 그 소임을 다한 것이라고 설득해야 한다. 그리고 호남에 가서도 같은 논리로 유권자들에게 호소하면 된다고 설득해야 한다. 이재명 민주당 대표가 지난 총선 때 대구 유세에서 한 YouTube 영상(그 발언 중 일부를 앞 14장에 게재하였다)을 틀어주는 것으로 족하다. 호남이 잘살기 위해서는 일당 독점 체제로는 안 되고 여야가 관심을 두도록 지역 정치 구도를 바꾸어야 한다고 설득해야 한다.

아울러 패배를 무릅쓰고 출마하는 분들에 대한 충분한 인적 물적 지원을 아끼지 말아야 한다. 그리고 다음 국회의원선거에서는 강남 3구에 호남에 내려보낼 수 있는 호남 사람을 공천하여 당선시킨 후 전국적인 인지도를 높인 다음 그다음 국회의원선거에서는 호남에서 출마하도록 하는 전략도 생각해 볼 만하다. 이렇게 해서 지난 1988년부터 30여 년간 일당이 지배하여 온 호남 지역을 여야 양당이 공존하는 지역으로 바꾸는 것이다. 이것은 국민의힘만을 위한 것이 아니다. 호남의 민심을 되돌려 다함께 잘사는 나라를 만드는 길이며, 나아가 대한민국이 또 한 번 도약할 수 있게 하는 길이며, 궁극적으로는 남북통일의 초석을 까는 것이다.

최근 전라남도지사와 경상북도지사가 서로 교류하면

서 양 지역의 화합을 도모하는 모습을 보여주고 있다. 이것
도 지역 간의 갈등을 해소하는 하나의 방법이겠지만, 그보
다는 호남에서는 국민의힘 소속 영남 인사를, 경북에서는
민주당 소속 호남 인사를 국회의원이나 지방자치단체장으
로 당선시키는 것이 보다 근본적인 지역감정 해소책이 될
것이다. 우리의 갈등 원인 중 하나가 지역감정과 불균형 발
전에 있기 때문이다.

    특히 수도권이 다른 지역에 비해 월등히 잘살고 있고,
인구가 수도권에 집중하는 것도 여야 정치인들이 경쟁적으
로 이 지역에서 당선되기 위해 혼신의 노력을 다하기 때문
이다. 전국의 모든 지방자치 정부가 일정 부분 균등한 정치
세력을 가질 때 우리의 민주화는 젊은 민주주의 국가(young
democracy)에서 벗어나 성숙한 민주주의 국가가 될 것이다.
그것은 대한민국이 100년 이상 부패 없이 존속할 수 있는
확실한 기반이 될 것이다. 미국인들이 새로운 한국인 세탁
소가 생길 때 그를 배척하지 않고 지원함으로써 이득을 챙
기는 모습을 본받아야 한다. 정치인이 힘들어야 강한 국가
가 된다. 국민이 힘들고 정치인들이 편안한 국가는 오래 갈
수 없다.

17. 정치인의 나아갈 길

위와 같은 경쟁, 곧 시련이 큰 정치인을 만든다. YS와 DJ(김대중 대통령)는 시련을 겪고 성장한 가장 대표적인 케이스다. YS는 박정희 정부 때는 정치인으로서의 사형선고와 다름없는 의원직 제명 선고를 받았고, 전두환 정부 때는 민주화를 요구하며 23일간 목숨을 건 단식 투쟁을 하여 국민에게 민주투사로서 각인되었다. DJ는 박정희 정부 때는 일본에서 중앙정보부 요원에 납치되어 현해탄에 수장될 뻔했고, 전두환 정부 때는 광주민주화운동을 주도한 혐의로 사형선고를 받았다. 이러한 시련을 겪었기 때문에 그들을 따르는 수많은 사람에게 많은 영감을 줄 수 있었다. 노무현 전 대통령은 스스로 몸을 던짐으로써 오늘날의 민주당이 득세하도록 하는 밑거름이 되었다.

현재 국민의힘에는 이러한 시련을 겪은 정치인을 찾아보기 힘들다. 스스로 대통령감을 만들지 못해 문재인 정부에서 발탁하여 대통령감으로 만들어 놓은 윤석열 대통령을 영입하여 간신히 여당의 체면을 지켰다. 마땅한 정치인이 없어 지난 총선을 앞두고는 정치 경험이 전무한 한동훈 전 법무부장관을 비상대책위원장으로 발탁하여 총선거를 치렀다.

정치인들은 시련을 겪거나 스스로 시련을 만들어내야 크게 성장할 수 있다. 이러한 시련에는 집권세력의 탄압은 물론 여론의 반대를 무릅쓰고 새로운 정책이나 업적을 만들어내는 용기와 지혜도 포함된다. 이명박 대통령은 비록 노무현 정부의 경제 실패에 힘입어 당선되었지만, 서울시장으로서 당시 서울시의 골칫거리였던 청계천을 정리하여 새로운 모습으로 바꾸었고, 버스 전용차선제를 도입하여 대중교통을 혁신함으로써 국민에게 일하는 대통령으로 각인되었기 때문에 정치인으로 성공할 수 있었다.

이제 국민의힘도 시련을 겪거나 스스로 시련을 만들어 경쟁력을 갖춘 정치인을 양성해야 한다. 대구 경북 지역이나 강남 3구로 달려가는 정치인 치고 성공한 사람이 없다는 것을 유념해야 한다. 반면에 야당이 이재명 대표나 조국 대표에게 열광하는 이유를 알아야 한다.

요즘 이재명과 조국 두 대표가 각광을 받는 이유는 윤석열 대통령이 대통령 후보가 된 과정과 흡사하다. 문재인 전 대통령이 윤석열 대통령을 역사상 최고의 검찰총장이라고 치켜세우며 발탁하고서도 가장 부도덕한 인물로 폄하하고 모욕을 주어 쫓아냈다. 위 두 대표도 경위야 어찌 되었든 현 정부에 의해서 탄압받는 모습으로 국민에게, 특히 그들의 지지자들에게 비추어지기 때문이다.

아울러 정치인은 시대가 요청하는 아젠다 개발이 중요하다. 노무현 전 대통령은 지방분권이라는 시대적 요청에 따른 세종 행정도시 건설로, 이명박 전 대통령은 도시 환경 개선을 요구하는 민심에 따라 청계천 재개발을 내세워 자신의 이미지를 구축할 수 있었다. 이러한 정책 개발을 못 하니까 국정에 쏟아도 부족한 시간을 영부인들의 잘못된 행태와 관계되는 일로 낭비할 뿐만 아니라 정치인으로서의 존재감도 나타나지 못하고 있다.

국가의 안위와 관계되는 긴급한 중대 사안을 해결할

수 있는 아젠다를 제시할 수 있어야 한다. 현재 우리에게 닥친 가장 긴급한 현안은 북핵 문제와 저출산에 따른 인구 감소일 것이다. 이를 동시에 해결하는 방안으로서 예컨대 북한에 대하여 "북한 주민들을 굶겨 죽일 바에야 1년에 100만 명씩 남으로 내려보내라"라고 요구하는 정치인이 없다는 것이다. 요즘 외국인 근로자들이 2인 1실의 숙소를 제공하는 회사를 기피하고 1인 1실을 요구하고 있다고 한다. 그런 대우를 해 줄 바에는 차라리 북한 주민들을 받아들이는 것이 나을 것이다. 외국인 이민을 받아들이기보다는 같은 언어와 역사를 공유하는 북한 동포를 받아들이는 방안을 적극 검토할 시점이다. 이는 우리의 최대 현안인 저출산과 인구 감소를 막고, 북한 내에서의 갈등을 유발할 수 있는 방안이기 때문이다.

아울러 민주주의를 외치는 정치인이라면, 북한 당국이 남북한을 각각 별개의 국가로 인정함으로써 민족의 숙원인 평화적 남북통일을 포기하고 무력으로 대남 적화통일을 완수하려고 핵과 미사일을 고도화하고 있는 것에 대하여, 주민들의 생계유지를 위해서는 장마당을 대폭 확대함은 물론 사유재산을 인정하라고 지속적으로 요구하고, 북한의 고질적 문제인 부패를 척결하기 위해서는 공산당 일당 독재를 포기하고 다당제를 받아들이라고 강력히 촉구할 필요가 있다. 그 이유는 다음과 같다.

북한은 농지개혁도 남한보다 빠르게 1946년 초에 실시해 주민들에게 토지를 무상으로 분배했다. 그때만 해도 주민들의 생산 의욕이 높았다. 그래서 1953년 휴전 후 3년 만에 경제를 전전 상태로 복구하였고, 1956년부터 시행한 경제개발 5개년 계획은 4년 만에 달성하기까지 했다. 그러나 휴전 후 협동농장제를 실시하여 무상으로 분배했던 농지를 모두 회수하여 열심히 일한 자만 손해라는 인식이 팽배해져 경제활동 의욕이 급속히 줄어들었다. 이에 김일성은 천리마운동을 시행하는 등 유격대식 경제개발에 박차를 가했으나 1961년 이후에는 경제개발 계획마다 기간 내에 그 목표를 달성하지 못했고 그 상태는 지금까지 계속되고 있다.

한편 정치적으로는 1945년 말 모스크바 3상 회의 결정에 대해 조만식 선생 등 민족주의자들이 신탁 통치에 반대하여 사회주의자들과의 연합 정권이 붕괴하고 민주주의자들이 다수 월남하였으며, 한국전쟁 과정에서 반체제 인물들이 노출되어 대규모로 탄압받거나 월남하자 북한에는 사회주의 우호 세력만 남게 되었다. 아울러 전쟁 책임 문제로

박헌영 등 남로당 계열이 몰락했다. 1954년 말부터 1956년 사이 대내적으로는 식량 조달의 어려움과 소비 생활의 궁핍, 사회주의 노선 관련 갈등과 대외적으로는 소련의 스탈린격하운동으로 인하여 사회주의권이 동요하자 최창익 등 비주류 계열이 김일성 권력에 정면 도전한 1956년 8월 전원회의 사건이 발생했다. 이 사건을 기화로 김일성은 1960년까지 '이색 사상'에 대한 철저하고 강도 높은 진압을 통하여 일인 독주체제를 구축하였다.

북한 내부의 갈등 해소는 아이러니하게도 초기의 급격한 역동성을 상실시켜 버렸다. 곧 근대적인 시민의식의 형성과 시장경제 발전, 노동자계급의 성장이라는 토대 없이 사회주의 이상 사회에 하루 빨리 도달하려는 조급성으로 인하여 북한 사회의 다양성과 역동성을 해치면서 체제가 급속하게 경직되는 결과를 낳았다. 사회 경제적 토대가 취약한 상태에서 모든 것을 국가가 주도하게 되어 됨으로써 인민의 개별적인 자각보다는 집단적 자각만이 우선시되었다. 이러한 집단적 자각을 불러일으켜 지속시키기 위해서는 국가의 지도력이 인민 개개인의 삶에 깊이 침투해야 했고, 국가는 일사불란한 지도를 위한 당이 필요했으며, 당은 무오류의 탁월한 지도자인 수령이 필요하게 됨으로써 위와 같은 수령 체제의 헌법 개정에까지 이르게 되었다. 그러나 개개인의 자율성 보다는 집단적 열정을 동원하는 방식은 피로감을 낳고, 권력 집중은 체제 경직화와 역동성 상실을 낳기 마련이다.

(김성보, 『북한의 역사 1』, 역사비평사, 2019, pp.248-251)

결국 역동성을 상실한 북한의 경제는 정체상태를 면치 못하였다. 김정일 집권 때 고난의 행군이라 하여 수십만 명의 아사자를 내었다. 김일성이 쌀밥에 고깃국을 주겠다고 하거나 김정일과 김정은이 이와 비슷한 발언을 할 정도로 북한 경제는 악화했다. 여기에 핵 개발에 나서자 경제 봉쇄로 인해 북한 경제는 극빈 상태를 벗어나지 못하고 있다. 따라서 이를 극복하기 위해서는 주민들의 역동성을 되살리는 사유재산제를 받아들일 수밖에 없고, 부패를 막기 위해서는 힘 있는 야당이 필수적이라고 할 것이다.

물론 북한이 응하지 않으면 반드시 평화적인 방법이 아닐 수 있다는 암시를 주어야 한다. 남·남 갈등을 부추기는 북한에 대하여 북쪽 안에서의 갈등을 야기할 수 있는 이러한 아젠다를 신념을 갖고 제기하는 용기가 정치인에게는 있어야 한다. 평화를 외치면 전쟁을 부르고 전쟁을 불사한다고 외치면 오히려 전쟁을 막을 수 있었던 것이 역사적 경험이다.

북한이 평화 통일을 포기하고 전쟁으로 간다면, 무릇 대한민국의 정치인이라면 이에 대항하는 결기를 보여야 한다. 키신저 전 미 국무장관이 한국전쟁에 관하여 유엔군이 평양과 원산을 잇는 선까지만 북진했더라면 중국의 개입을 막을 수 있었다는 충고가 참고할 만하다.(Henry Kissinger, 『Diplomacy』, 1994) 평양 원산까지만 미군이 진주한다면 중국이 북한을 도와 참전할 명분이 약하고, 설사 참전하더라도 내전에 개입했다는 비난을 피할 수 없기 때문이다.

정치인이라면 이렇게 우리의 상황을 명확하게 알고 그에 상응한 비전을 제시할 줄 알아야 한다. 이와 관련하여 통일 비용을 걱정하는 정치인들과 학자들이 있다. 그러나 이는 통화정책으로 그 비용을 획기적으로 줄일 수 있다. 독일 통일 과정에서의 실패 사례가 큰 교훈이 될 것이다. 서독의 헬무트 콜 전 총리는 동독 마르크화를 서독의 마르크화와 1:1로 교환해 달라는 동독 주민들의 요구를 뿌리치지 못하고 과거 아데나워나 비스마르크와 같은 영웅이 되고 싶은 나머지 서독 통화를 동독에 그대로 확장함으로써 경쟁력이 없는 동독 경제를 더욱 망가뜨리고 통일 비용을 엄청나게 늘리는 결과를 낳았다.

당시 분데스방크 칼 오토 푈 총재는 동독 경제가 서독의 40%밖에 되지 않으므로 서독 1마르크당 동독 4마르크 이상으로 교환해야 한다고 주장했다. 그렇게 되면 동독은 폴란드와 같이 저임금을 장점으로 삼아 경쟁력을 갖게 되고 서독도 큰 비용을 들이지 않고 완전한 통일을 이룰 수 있다고 주장했으나 묵살되었다.

(Daniel Yergin. Joseph Stanislaw, 『The Commanding Heights』, 1998, pp. 312-3)

남북통일 시 경제 분야에서 통화의 중요성은 엄청날 것이다. 아마 통일이 되면 그때 대통령은 콜 전 총리와 마찬가지로 하루아침에 모든 통일을 완수했다고 자랑하고 싶어 할 것이다. 그러나 북한 지역을 개성공단과 같이 독립된 경제 시스템으로 운영하여 베트남처럼 저임금을 무기로 자체 경쟁력을 갖게 하면 통일 비용을 획기적으로 줄일 수 있을 것이다. 처음에는 연방제와 같이 운영하다가 단일 국가로 나아가는 방안이다.

남북통일 후 정당 정치에 대해서도 미리 연구하고 실

험해 봐야 한다. 1959년 미국의 트루먼 전 미국 대통령 때 하와이와 알라스카를 주로 승격하여 미국의 연방에 편입하면서 미국 의회의 승인 절차가 필요했다. 그때 정당 정치의 관점에서. 나중에 완전히 잘못된 것으로 판명되었지만, 하와이는 공화당의 주로 알라스카는 민주당의 주로 상정했다고 한다. 곧 정당 간의 균형에 초점을 맞춘 것이다.

(Daniel Immerwahr, 'How to Hide an Empire', The Bodley Head London, 2019, p.239)

마찬가지로 통일 후 북한 정치는 공산당 독재에서 다당제로 즉각 바꾸어 공산당이나 일당 독재화를 극력 막아야 한다. 그렇지 않으면 남북이 각기 서로 다른 정치를 하게 되어 사실상 통일의 의미가 없어지기 때문이다. 그래서 한반도 전체를 아우르는 두 개나 다수의 전국적인 정당이 북한에도 뿌리내려 상호 경쟁하여야만 진정한 의미의 통일을 이룰 수 있을 뿐만 아니라 북한의 조속한 민주주의와 경제 발전을 기대할 수 있을 것이다.

그런 의미에서도 현재 일당이 독점하고 있는 경북과 호남의 정치구도를 하루속히 개선해야 할 필요가 있다. 곧 전국의 각 지역을 양당 내지 다당간의 견제와 균형이 이루어진 구도를 만드는 것이, 외견상 많은 시간이 걸리는 것으로 보일지 모르지만, 이를 바탕으로 남과 북의 진정한 통일을 실현하는 가장 빠른 길이고, 통일 한국의 항구적 발전의 토대가 될 것이다.

대중국 관계도 보다 거시적인 안목으로 바라보아야 한다. 우선 중국은 시진핑 체제하에서는 미래가 밝지 않다. 이상주의적 이념을 앞세운 공산주의는 소련 붕괴에서 보았듯이 이미 그 효용이 다했음에도, 중국이 다시금 인공지능(AI)과 5G 등 첨단 기술을 동원하여 소련과 같은 공산주의로 돌아가고 있다. 이에 따라 최근 중국의 수출이 12.4% 감소하고 대미수출은 24% 하락했다. 더욱 우려스러운 것은 청년 실업률이 20%를 넘어섰다는 것이다. 외자 도입이 줄어들고 내수만으로는 지탱할 수 없음을 보여주고 있다. 이는 공산주의가 그 자체에 치명적인 약점을 가지고 있기 때문이다. 공산주의는 인간의 이기적인 본성과 정반대로 이상주의적인 이타심을 요구하고 있다. 그리고 아무리 인공지능이 발달한다 해도 15억 인구가 벌이는 엄청난 규모의 경제활동을 일일이 통제하고 감독한다는 것은 원천적으로 불가능한 일이다.

이는 레닌이 러시아 혁명 후 경제가 엉망이 되자 '신경제정책(the New Economic Policy)'을 도입한 데서 교훈을 얻을 수 있다. 공산주의에 자본주의적 요소를 도입하여 소규모 거래와 사유 농장을 허용하였다. 이 신경제정책의 도입으로 엉망이었던 소련 경제가 1년 만에 제자리를 찾는 것을 보고 레닌은 깜짝 놀랐다고 한다. 이에 반대하는 골수 공산주의자들에게 "핵심 지휘부(Commanding Heights)만 차지하고 있으면 자본주의라도 상관없다"라고 설득했다. 그러나 그가 죽은 후 스탈린은 이를 폐기하고 공산주의 방식인 국가 주도의 5개년 경제개발계획으로 돌아선 결과 스스로 무너진 것이다.

이러한 사실을 중국 지도자들이 모를 리 없겠지만 그들은 철저한 '공산당 제일주의자'들로서 공산당이 그들의 존재 근거인 이상 이를 무너뜨리는 어떠한 체제나 시도도 용납할 수 없는 것이다. 그럼에도 불구하고 덩샤오핑이나 장쩌민, 후진타오 주석은 자본주의식 개혁 개방으로 나아가 중국 경제를 발전시켰지만, 시진핑 주석은 그러하지 않았다. 자본주의적 개혁 개방은 결국 민주화 요구로 이어져 헌법상 규정된 공산당 일당 독재를 무너뜨릴 수 있다는 위기감에서 공동 부유를 앞세워 공산주의로 회귀하면서 3연임과 반간첩법 시행, 사유재산 부정 등 공산당 일당 독재를 강화하고 있다.

어쩌면 이것이 중국이 민주화되는 계기가 되어 미국의 의도대로 될 가능성을 높일지도 모른다. 중국은 한국이 민주화된 과정에서 겪은 여러 가지 난관과 역경을 극복하지 않으면 안 될 것이다. 그 과정에서 중국은 분열도 감수해야 할 지 모른다. 중국이 분열되면 혼란은 필연적일 것이고 그때 한국에는 더 큰 기회가 찾아올 것이다. 그리고 이를 기회로 삼아 우리 체제의 우월성을 우리 스스로 자각함으로써 우리 사회의 갈등을 치유하고, 나아가 국민통합과 새로운 도약을 이룰 수 있을 것이다.

따라서 이에 대비하는 지혜와 용기가 필요하고, 지금이 중국과 북한에 접근하여야 하는 이유이기도 하다. 수천 년간의 중국 공포증을 마치 유전인자처럼 이어온 중국 콤플렉스에서 벗어날 수 있는 기회가 찾아온 것이다. 국민 스스로가 패배주의에 빠져서는 안 된다. 분열로 치닫고 있는 국론도 이러한 큰 대의 아래 한데 모이도록 깃발을 들어야 할 때가 온 것이다.

이제 중국 콤플렉스를 극복할 수 있는 '케이(K) 외교'를 펼쳐야 할 때다. 한국은 외교로 만들어진 나라다. 일제하 독립투쟁 방식에서 김구 선생은 무력 독립 방안을, 안창호

선생은 인격 수련 곧 교육으로, 조만식, 이승훈 선생은 산업 발전으로 독립을 쟁취하고자 했다. 이때 외교로 독립해야 한다고 믿고 실천에 옮긴 사람이 이승만 전 대통령이다. 그는 임시정부 초대 대통령으로서 이러한 원칙에 따라 일본 식민 통치 대신 국제연맹의 보호 아래 들어가야 한다고 주장했다가 임시정부에서 탄핵당하기도 했다. 그러나 그는 자기의 의지를 굽히지 않고 세계의 흐름, 특히 2차 대전 후 미국의 의도를 간파하고 국제연합 감시에 의한 총선거를 치르는 방식으로 대한민국을 독립시켰다.

그 후에도 한국은 미국과 일본과의 외교로서 경제 부흥에 이르렀고 이제 선진국이 되었다. 그러나 외교정책에서 정부가 바뀔 때마다 의견 일치가 되지 않아 국익에 있어 난맥상을 보여 왔다. 이제는 노태우 전 대통령의 북방정책처럼 한미일 결속을 기반으로 중국과 북한을 향해 신북방정책 곧 케이(K) 외교를 펼칠 때다. 캠프 데이비드 정상회의를 통하여 다져진 한미일 결속을 기반으로 중국과 북한에 대하여 우리가 먼저 적극적으로 대화와 접촉의 물꼬를 터야 한다. 그 과정은 수천 년간 지독하게 우리들을 옭아매었던 중국에 대한 대국 콤플렉스를 벗어나고 우리 역사에 큰 획을 긋는 시간이 될 것이다.

마오쩌둥이 중국 본토를 차지하게 된 것은 중국 공산군의 전술이 큰 역할을 했다. "적이 전진할 때 우리는 후퇴한다. 적이 정지할 때 우리는 괴롭힌다. 적이 전투를 피할 때 우리는 공격한다. 적이 후퇴할 때 우리는 전진한다"라는 전술 아래 공산당은 전투에서 서두르는 모습이 없었고, 불리하다고 생각할 때는 언제든지 철수하는 융통성으로 국민당과의 국공 내전을 승리로 이끌 수 있었다. 우리의 대중국 전략 수립에도 마오쩌둥 전술이 유효하다.

　　지금은 중국이 우리를 향하여 방어적으로 나오고 있는 상황이다. 외견상 우리를 공격하는 모양새지만 중국의 내부 사정을 들여다보면 방어적이라고 보아야 한다. '적이 전투를 피할 때 우리는 공격하고 적이 후퇴할 때 우리는 전진한다'라는 전술에 따라 중국에 대해 민관이 합심하여 적극적인 공세를 펼칠 때다. 중국이 우리와의 접촉면을 줄이려고 하면 할수록 우리는 보다 적극적으로 교섭을 늘려가야 한다.

　　이것은 친중파들이 주장한 것과 외관은 같지만, 중국의 속내를 파악한 이상 그 방법이 크게 달라진다. 저자세로의 접근이 아니라 보다 정교한 역사 인식과 상호교류의 중요성을 앞세워 보다 당당하게 나가야 한다. 아직 윤석열 정부는 중국과 본격적 교섭에 나서지 않고 있다. 그러나 일단 본격적으로 나서게 될 경우 그들을 설득할 명분과 무기를 가져야 한다. 우선 역사적으로 중국 공산당이 대한민국으로부터 혜택받은 것을 확실히 밝혀야 한다.

덩샤오핑은 1919년 5.4운동이 중국 공산당이 만들어진 계기임을 강조했다. 5·4 운동은 3·1운동에 크게 영향을 받아 일어났다. 3·1운동으로 건립된 대한민국임시정부의 법통을 이어받은 것이 우리 대한민국이다.

또한 덩샤오핑은 2020년까지 4마리 용(한국, 타이완, 홍콩, 싱가포르)을 따라잡자고 독려하며 그들을 모방하여 경제개혁과 개방에 나섰다. 그는 박정희 전 대통령의 개발독재 방식을 충실히 따랐고, 일본을 방문했을 때 신일본제철에 한국의 포항제철과 같은 제철소를 만들어달라고 요청했다. 쉽게 말하면 케이(K) 경제를 모방하여 오늘의 중국 경제가 만들어진 것이다. 그리고 지금도 한국의 질 좋은 반도체를 저렴하게 수입하여 많은 제품을 만들어 수출하고 있다. 이렇듯 중국 공산당은 한국으로부터 많은 영감과 도움을 받고 있음을 강조해야 한다.

한국의 자본주의와 시장경제, 자유민주주의가 중국에 유입되는 것을 두려워하는 중국 공산당 지도부에게 굳이 우리의 제도를 강조하거나 우월성을 자랑할 필요는 없다. 우리는 우리 방식대로 의연하게 더 발전해 나가면 되는 것이다. 현재의 자유민주 체제를 더욱 공고히 해 중국인들이 한국의 경제를 따라 배웠듯이 정치도 따라 배우게 하면 되지, 굳이 중국인들에게 자유민주주의를 채택하고 사유재산제를 도입하라고 권유할 필요도, 설득할 이유도 없다.

이러한 시스템은 구 월남에서 보았듯이 누가 시켜서 가능한 일이 아니고 오히려 중국 정부의 경계심만 높게 할 뿐이다. 우리의 민주화도 엄청난 역경과 희생을 치르고 이루어졌고, 아직 어린(young) 민주주의 국가로서 이를 완수하기 위한 험난한 과정에 있다. 아직도 민주주의의 진정한 의미를 알지 못하거나 어떤 제도를 어떻게 강화해야 민주주의를 지키는 것인지 제대로 알지 못하는 사람들이 있기 때문이다.

아울러 중국이 미국과의 갈등 국면에서 한국과의 관계 개선으로 돌파구를 마련할 수 있음을 설명해야 한다. 탄탄한 한미 관계를 바탕으로 가능한 일이다. 캠프 데이비드 한미일 정상회의로 더욱 돈독해진 한미일 관계를 두려워하는 중국에게 우리가 먼저 적극적으로 교류 확대를 추진해야 할 시점이다. 우리가 비록 미국이 제시하는 교역의 범위를 지키더라도 얼마든지 중국을 설득할 수 있을 것이다. 지금 중국 경제가 먹구름이 끼고 있는 시점이기 때문에 더욱 그렇다. 사드 이후 6년 만에 한미일에 단체 관광과 30일 무비자 입국을 허용한 것도 내부 경제가 좋지 않기 때문이라고 보인다.

이러한 적극적인 자세는 결국 북한과의 접촉 창구를 여는 지렛대가 될 것이다. 일방 중국을 향해 적극적으로 정치, 경제, 문화 등 전방위적으로 접촉면을 넓혀 나가면서, 일방 북한에 대화 제의를 과감하게 해야 할 시점이다. 둘 다 한국에 대해 방어적으로 나오고 있기 때문에 마오쩌둥 전술처럼 이제 우리가 공격하고 전진할 시점이다.

윤석열 대통령이 강조하는 자유는 중국이 공산주의 이념을 더욱 강화해 가는 추세에서 우리가 이에 대비하고 우리 민족이 항구적으로 번영해 나갈 수 있는 핵심 가치이자 주요한 무기이다. 이러한 자유를 위해 민주정부를 더욱 다져 나가야 한다. 자유민주 정부는 항상 같은 모습이 아니다. 자유 자체가 의미하듯이 자유롭게 그 형태가 바뀔 수 있고 민주 정부도 그 모습이 다양하다.

그러나 선거의 자유, 사법권의 독립, 언론·출판·집회·결사의 자유라는 기본 원칙을 고수해야 한다. 무릇 선거의 자유, 사법권 독립과 언론·출판·집회·결사의 자유가 보장되어야 민주국가라고 할 수 있고, 이 세 분야를 확실히 하면 민주국가가 되었다고 볼 수 있기 때문이다. 그리고 이를 위해서는 자유민주주의를 지켜주는 헌법상의 법치주의 확립에 더욱 노력하는 것이 우리들의 의무이자 책임이다. 자유민주주의를 지키는 것은 비민주적인 헌법기관이라고 파리드 자카리아는 저서 『자유의 미래(The Future of Freedom)』에서 주장하고 있다. 군과 경찰, 검찰, 법원, 정당, 교회 등 그 구성원의 선출 과정이 비록 비민주적이지만 이 기구들이 자유민주주의를 지켜주고 있다는 것이다. 이는 자유민주주의가 법치주의와 동전의 양면임을 보여준다. 선출직 국회의원의 민주주의는 임명직 공무원들이 지켜주고 있다. 선출직이건 임명직 공무원이건 일단 공무원으로 임명되면 헌법상 그 처우나 권한, 책임이 모두 같은 이유다.

우리가 더욱 자유민주 국가로 발전해 나갈수록 중국

정부는 시진핑 주석이 집권하는 한, 한국과의 관계를 당분간은 밀고 당길지라도 궁극적으로는 모든 면에서의 접촉면을 줄여 갈 것이다. 한국이 과거 자신들이 했던 공산 혁명의 수출국이 아닌 자유 혁명의 실질적인 수출국임을 알고 있기 때문이다. 나아가 실질보다는 이념을 무엇보다 중시하는 공산주의자들이기 때문이다.

우리는 자유민주체제와 사유재산제를 보장함으로써 무한하게 발전할 토대를 가지고 있음을 알아야 한다. 이제는 우리 체제에 대한 무한한 긍지와 자신감을 갖고 거시적인 안목으로 상황을 타개해 나갈 수 있는 유능한 정치인 양성을 위해 모두 노력을 기울여야 한다. 그러기 위해서는 2026년 치러질 지방자치단체장 선거가 중요하다. 곧 지방자치단체의 민주화, 지방에까지 양당 구조가 확립되어야 한다. 그래야 부패도 막고 새롭고 유능한 정치인을 만들어 낼 수 있는, 풀뿌리 민주주의를 완성할 수 있는 절호의 기회이기 때문이다.

18. 민주시민으로서의 자세

미국인들이 시민(citizen)과 식민지 백성(subject)을 구별하고 후자를 차별하는 것은 결국 정치인을 제대로 부려 자신의 삶과 공동체의 발전을 꾀할 수 있느냐, 아니면 정치인의 야망에 따라 그에 순종하며 일신의 안위를 추구하느냐의 차이를 말하고 있다. 어느 것이 보다 나은 것인지는 분명하다. 시민으로서 살아가는 것이 결국 자기의 꿈과 이상을 실현하는 가장 빠른 길이기 때문이다. 그 방법이 정치인들을 경쟁시켜 가능한 것임에도 오히려 정치인들에 휘둘리는 것은 어리석다고 할 것이다. 경쟁이 없는 TK 지역과 호남 지역에서는 부패 카르텔이 만들어지고 전국적인 정치인이 나오지 않는 반면 경쟁이 치열한 PK 지역이 보다 나은 미래를 보여주는 이유이기도 하다.

이와 관련하여 정치인들을 휘두르는 소위 개딸(개혁의 딸)이나 태극기 부대가 과연 시민 의식을 가지고 그러한 행동을 하는가이다. 이들의 말이나 행동은 극좌나 극우 프레임에 갇혀 있다. 이들은 과거 히틀러나 스탈린의 집단 독재(파시즘이나 나치즘)나 계급독재와 유사하다. 민주국가에서는 도저히 용납될 수 없는 것이다. 민주국가의 3대 요소인 선거의 자유, 사법권 독립, 언론의 자유 중 어느 것 하나 제대로 지키지 않기 때문이다.

이들은 소위 문자 폭탄을 날리거나 비방문을 선거사무소 문 앞에 써 붙이는 등 자신들이 선호하거나 혐오하는 선출직 공무원의 당락에 영향을 미치는 탈법 또는 불법 선거 운동을 자행하고, 자신들이 맹목적으로 추종하는 정치인에게 불리한 판결이나 기소를 한 판사나 검사의 정당한 공무 집행에 대해 형사 고소하거나 탄핵을 하도록 같은 당 소속 국회의원들을 압박하는 공격을 서슴지 않을 뿐만 아니라 자신의 주장에 배치되는 주장을 하거나 언론 기사를 쓴 기자에 대해서도 온갖 욕설로 모욕을 주거나 위협을 가하고 있다. 과거 공산주의나 파시즘, 나치즘이 모두 민주주의를 표방하며 정권을 잡았지만 위 세 가지를 깡그리 무시하고 독재로 나아가 파멸에 이른 역사적 경험을 잊어서는 안 된다. 이들이 지향하는 바는 자의건 타의건 독재로 나아갈 수밖에 없다.

우리가 독재를 기피하는 이유는 독재국가는 반드시 부패하게 되어 있고 그러한 부패는 그 국가의 도덕성을 상실하게 하여 지속 가능한 공동체를 유지하지 못하게 하기 때문이다. 독재는 줄 세우기를 강요한다. 독재자의 추종 세력에 들어가지 못하면 정치적으로나 경제적으로 성공할 수 없기 때문에 그 세력에 들어가기 위해 온갖 부정한 방법을 동원할 수밖에 없다. 그 때문에 공직은 물론 사적 영역에서도 갖은 부패나 가렴주구가 행해진다. 독재국가인 중국이나 북한이 부패로 몸살을 앓는 이유다.

따라서 민주국가에서 극좌나 극우적인 이념이나 그에 따른 행동을 경계하고 배척해야 하는 것이다. 만약 이들을 이용하는 정치 세력이 있다면 민주 시민으로서 민주주의를 지키기 위해 이들에 대해 반드시 응징을 가해 이들을 배척할 책임과 의무가 있다. 이를 위해서 우리는 군, 경찰, 검찰, 법원, 정당 등 비민주적인 절차로 구성된 헌법상의 기구들을 두고 있고, 이러한 기관들을 적극 보호하고 지지하는 것이다. 이들이 민주제도를 지켜주기 때문이다.

이와 관련하여 양창수 전 대법관은 "국민의 정치적인 의사를 집약적이고 확실하게 표현하고 있는 문서가 헌법"이라며 "헌법에서 주어진 권력을 선출되지 아니한 권력이라고 비난하는 것은 민주정치의 기본을 망각하는 것으로 생각한다"라고 밝혔다. 정치권에서 검찰을 선출되지 않는 권력이라고 평가 절하하는 것에 대해 일침을 가한 것이다.

《법률신문》 2024. 6. 27. p.6)

후반기 국회의장을 지내고 2024년 6월 퇴임한 김진표 전 국회의장은 "국회의원 한 명 한 명이 헌법기관입니다. 팬덤의 노예가 되면 그건 이미 잘못된 정치"라면서 후배 정치인들에게 꼭 해주고 싶은 조언이라고 하며 이렇게 말했다. 그는 후배 정치인들한테 꼭 하고 싶은 이야기를 네 글자로 얘기하면 '헌법기관'이다라며 "헌법기관이면 헌법기관답게 행동해야 한다. 정당의 공천을 받았어도 국회의원에게 표를 준 유권자 중 당원은 5%밖에 안 된다. 팬덤은 0.01%다. 전체 국민을 보고 정치를 해야 한다"고 강조했다.

《중앙일보》 2024. 6. 26)

시민으로 산다는 것은 치자(治者)와 피치자(被治者)의 동일성을 구현하는 것이다. 치자로서의 삶은 공공기관과 공공시설을 보호하고 공동의 가치인 법과 질서를 지켜나가는 것이다. 아직 경로 우대 대상자가 되지 못하면서도 경로 우대자의 지하철 카드나 신분증을 도용하는 것은 치자로서의 행동이 아니다. 스스로 다스린다는 자치(自治)의 의미는 이렇게 사소한 부분까지 광범위하다.

갑자기 부자가 되거나 출세한 사람을 졸부(猝富)라고 부른다. 그리고 이들 중 상당수는 교양이나 예의가 부족하여 사치나 허영으로 치장하기도 하고 돈이나 권력이면 모든 것을 다 이룰 수 있는 양 다른 사람들을 무시하거나 경멸하는 말과 행동을 거침없이 한다. 이를 속칭 졸부 근성이라고 말한다. 그래서 "우리가 돈이 없지 가오(자존심이나 체면을 속되게 이르는 말)가 없냐"라는 말이 회자되는 이유다.

정치인은 말밖에 없기 때문에 언어 구사에 있어서 특히 유의해야 한다. 영국 의회에서는 예의에 어긋나거나 남을 비하하는 말을 사용하면 퇴장당한다고 한다. 이런 언행을 한 사람들에 대한 심판은 민주 시민인 유권자의 몫이다. 우리 정치가 품격이 있고 국민을 위한 것이 되기 위해서는 이러한 언어폭력에 단호히 대처하여 그러한 사람이 다시는 의정 활동을 하지 못하도록 해야 한다. 유권자로부터 위임을 받은 자가 유권자의 얼굴에 먹칠하라고 위임을 받은 것은 아니기 때문이다. 그래서 국회의 품격은 유권자와 품격과 같은 것이다.

우리 사회의 고질적인 문제는 공짜에 대한 두려움이 없다는 것이다. "공짜보다 비싼 것은 없다"는 일본 속담이 말하듯이 공짜는 그 대가가 너무 커 선진국으로 가는 민주시민과는 거리가 멀기 때문이다. 김명호 교수가 쓴 『중국인 이야기』에 의하면 중국 공산당에 패해 타이완으로 물러난 장제스는 "미국 원조에 의존하다 보니 중국인들의 전통적인 자립성을 상실했다"라며 가슴을 쳤다고 한다. 우리도 한국전쟁 후 미국의 원조에 의해 연명한 시절이 있었다. 그때 부지불식간에 공짜에 대한 염치가 없어진 것이 아닌가 생각된다. 그 후 산업화 과정에서 목적보다는 수단이 중시되면서 공짜에 대한 부끄러움이 더욱 없어졌고, 이제는 국가나 회사의 돈이 자기 돈이라는 생각을 하지 못하고 함부로 낭비하는 풍조가 만연해졌다.

공공재에 대한 공공 의식의 상실은 식민지 백성과 같은 사고와 직결된다. 자신이 낸 세금으로 운영되는 국가나 지방자치단체가 과도하게 냉방시설이나 난방시설을 가동할 경우 이를 질책하는 민주시민이 없다는 것은 불행한 일이다. 회삿돈이라고 해서 법인카드를 남용하는 것도 결국은 자신의 소득을 줄이는 일임을 깨달아야 한다.

아울러 정치인들이 사회보장제도에 대해서 재정적자

와 관련하여 지속 가능한 복지제도를 만들기 위해 어떠한 태도를 가지고 있는지 면밀히 살펴야 한다. 재정적자는 경제의 후퇴로 이어져, 결국 복지의 지속도 어려워지기 때문이다. 갈수록 인기에 영합하는 정치인들이 늘어나는 반면, 한번 시행된 사회보장은 그 축소가 불가능한 까닭에 퍼주기식 공약을 하는 정치인을 당선시켜서는 안 된다. 그리고 전 국민에게 현금을 지급하겠다고 하면 대가 없는 돈에 대하여 "내가 거지냐? 그리고 그 돈은 누구에게서 나온 것이냐? 결국 내가 열심히 번 돈으로 정치인들이 생색내는 것 아니냐?"고 나무라는 민주 시민이 되어야 한다.

정치인들이 이처럼 민주 시민을 식민지 백성처럼 만들려는 행태를 경계해야 한다. 싱가포르는 100%의 사회보장을 극구 피하고 있다. 국민이 개인이나 가족으로서의 책임감을 떨어뜨리지 않고, 자신들의 미래를 보다 분명히 볼 수 있게 함이라는 데 참고할 만하다.

아무쪼록 정치인들이 선거에 의하여 유권자의 뜻에 따르도록 하는 현행 민주주의 시스템이 제대로 작동하도록 시민 의식을 더욱 키우고 발전시켜 나가야 할 것이다.

후기

내가 겪은 5.18

정부 수립 30여 년, 정확히는 32년이 되기 직전에 터진 5.18은 대한민국 역사에서 하나의 분수령이 되었다. 6.25로 인한 민족상잔의 비극을 겪고 정전 상태에서 정전회담 27년이 되기 직전에 5.18이 터진 것이다. 대한민국 국군이 대한민국 국민을 향하여 총을 쏘는 상황이 발생하였다. 1961년 박정희 전 대통령이 5·16쿠데타로 집권한 후 10월 유신으로 정권을 유지하다가 1979년 10월 26일 서거한 후 신군부가 12·12사태로 재집권하는 과정에서 5·18은 그 마지막 매듭이었다.

나는 1979년 5월 사법시험에 합격한 후 그해 가을부터 사법연수원에 입소하여 법조인의 길을 가고 있었다. 사법연수원에 다니는 동안 10.26 박정희 대통령 시해 사건, 12. 12 신군부의 쿠데타, 1980년 서울의 봄을 보았지만 나와는 크게 관계없는 일로 치부하고 지냈다. 1980년 5월 중순부터는 연수원 전반기 시험을 치르느라 여념이 없었다. 당시 이모 집에서 하숙하던 때인데 5월 17일 밤 광주에서 어머니로부터 전화가 와서 광주 상황이 좋지 않음을 알려주셨고, 5월 19일 다시 전화하셔서 광주 상황이 급박하게 돌아감을 알려주셨다.

그리고 그다음 날인 5월 20일 밤 10시 30분 MBC 방송이 나오지 않는다는 어머니와의 통화를 마지막으로 전화가 끊겼다. 광주와의 시외 전화가 모두 불통이 된 것이다. 그 다음부터는 광주 소식을 들을 수가 없었다. 통화는 물론 모든 교통마저 끊긴 것이다. 광주 소식을 알 수 있는 방법은 북한 방송뿐이었다. 그러나 그 내용도 모두 믿을 수 없는 것들이었다. 자기들 입장으로 각색한 것이었다.

그 기간에도 연수원 시험은 계속되었다. 고교 동창들끼리 소식을 주고받았지만 모르기는 서로 마찬가지였다. 그 와중에도 외무부에 근무하는 고교 동문의 결혼식이 있었다. 무슨 소식이나 들을 수 있나 궁금한 고교 동기들이 대거 참석하였지만 깜깜무소식이었다.

정말 하늘이 도와 가족들이 무사하기만을 빌었다. 당시 광주 집에는 할머니, 부모님, 여동생 윤이, 남동생 정호, 그리고 외사촌 동생 김용산이 있었다. 동생들은 모두 전남대에 다니고 있었다. 대학생들의 희생이 크다는 소문을 듣고 있었기에 더욱 마음을 졸였다. 그런 초조하고 불안한 날이 계속되던 중 5월 26일 월요일 저녁 여수에서 선친께서 전화를 주셨다. 정호와 용산이를 데리고 지원동에 있는 집에서 화순 너릿재를 걸어서 넘어 화순으로 나와 그곳에서 버스를 이용하여 여수까지 오셨다는 것이다. 당시 선친께서는 여수대(지금의 전남대) 교수로 재직하고 계셨기 때문에 여수 집으로 가신 것이다. 정말 하늘이 도운 것이다.

아니 제2차 세계대전과 한국전쟁을 몸소 겪으신 선친의 지혜와 용기가 그런 모험을 하도록 한 것이다. 화순에서 버스를 탔을 때 검문하던 군인이 총구를 동생들에게 들이댔을 때는 머리끝이 하늘로 치솟고 앞이 캄캄하셨다고 한다. 다음 달인 6월 6일 광주에 내려가 집에 가보니 대문에 총구멍이 나 있었다. 당시 우리 집은 지원동 무등중학교 건너편이었다. 부근 산에서 민간인 거주 지역을 지나가는 데

모대의 차량을 향해 총을 쏘았는데 그중 몇 발이 우리 집 대문에 맞은 것이었다. 선친께서는 동생 중 두 남동생은 재래식 한옥의 마룻바닥 구석에 구멍을 내어 마루 아래 숨기고 그 구멍 위에는 쌀통을 갖다 놓았다고 하시면서 그 자리를 보여주셨다. 과거 전쟁을 치른 경험에서 이러한 지혜를 짜낸 것이다.

주위에 살고 있던 친척들도 다들 무사하였다. 정말 다행이었다. 선친께서는 그동안 광주는 치안이 제대로 되었다고 칭찬하셨다. 첫째 수도와 전기가 끊기지 않았고, 둘째 전화가 끊이지 않았으며, 셋째 은행이 약탈당하지 않았다고 설명하셨다. 시민 의식이 살아 있었다는 것이다. 그러나 누가 잘못해서 이러한 지경에 이르렀다는 평가는 하지 않으셨다. 일제 때부터 겪어온 대한민국의 험난한 여정을 너무 잘 아신지라 현 상황에 대해서만 말씀 하신 것으로 보인다. 선친께서 두 동생과 함께 탈출한 다음 날 5월 27일 새벽 광주의 모든 상황은 종료되었다. 그러나 그 여진은 지금까지 내 마음속에 남아 있다.

한국 민주주의가 나아갈 길

1판 1쇄 발행 2024년 12월 30일

지은이 문성우
펴낸이 김영곤
펴낸곳 (주)북이십일 21세기북스

편집팀 정지은
출판마케팅팀 한충희 남정한 나은경 최명열 한경화
영업팀 변유경 김영남 강경남 황성진 김도연 권채영 전연우 최유성
제작팀 이영민 권경민
진행·디자인 다함미디어 | 함성주

출판등록 2000년 5월 6일 제406-2003-061호
주소 (10881) 경기도 파주시 회동길 201(문발동)
대표전화 031-955-2100 **팩스** 031-955-2151 **이메일** book21@book21.co.kr

ISBN ISBN 9791171179947 04800

(주)북이십일 경계를 허무는 콘텐츠 리더

21세기북스 채널에서 도서 정보와 다양한 영상자료, 이벤트를 만나세요!
페이스북 facebook.com/jiinpill21 포스트 post.naver.com/21c_editors
인스타그램 instagram.com/jiinpill21 홈페이지 www.book21.com
유튜브 youtube.com/book21pub